芥川龍之介
家族のことば

木口直子 編

春陽堂書店

目次

・本書は、芥川家の人々の文章を、其の一～其の九までのテーマごとに集め、アンソロジーとして編集した。
・字体、仮名遣いは原典のままとした。
・引用した書籍は巻末の「書誌一覧」にまとめた。
・❦**見出し**❦は編者による。
・〔　〕は編者による補足である。
・年齢の表記は数え年とした。

はじめに

家族の心の内に生きた芥川龍之介

芥川龍之介といえば、書斎に座り、眼光鋭く、まっすぐにあなたを見つめている、そんな姿が真っ先に思い浮かぶかもしれません。

一方で、家族が間近で見た素顔を辿っていくと、そこにはよく悩み、よく笑い、よくしゃべる、芥川龍之介というひとりの人間が垣間見えてきました。本書は、龍之介本人のことばに加え、龍之介と共に生きた家族が紡いだことばを集めて、アンソロジーとして編集したものです。遺された作品にひそむ龍之介の私生活は、まるでそれ自体が一編の物語であるかの如く劇的でした。

はじめに

この本が芥川龍之介の人となりを知るきっかけとなり、今後も作品が読み継がれ、誰かの心に響き続けることを願っています。

本書の編集にあたって、資料のご提供をいただきました芥川龍之介ご遺族、中野妙子様、関係機関の皆様に、心より感謝を申し上げます。

二〇一九年九月十一日

木口直子

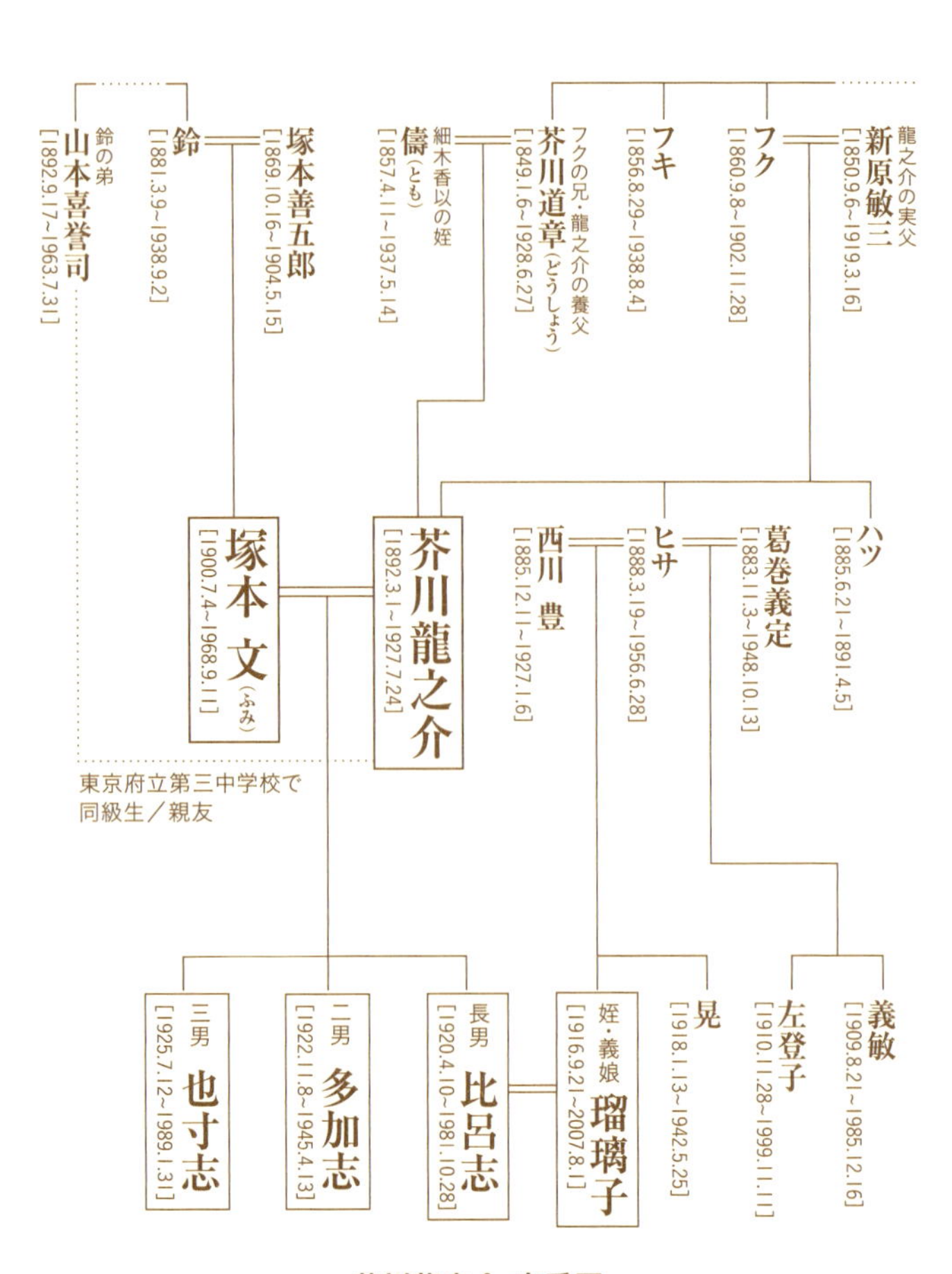

龍之介の実父
新原敏三
[1850.9.6~1919.3.16]
フク
[1860.9.8~1902.11.28]
フキ
[1856.8.29~1938.8.4]
フクの兄・龍之介の養父
芥川道章(どうしょう)
[1849.1.6~1928.6.27]
細木香以の姪
儔(とも)
[1857.4.11~1937.5.14]
塚本善五郎
[1869.10.16~1904.5.15]
鈴
[1881.3.9~1938.9.2]
鈴の弟
山本喜誉司
[1892.9.17~1963.7.31]
ハツ
[1885.6.21~1891.4.5]
葛巻義定
[1883.11.3~1948.10.13]
ヒサ
[1888.3.19~1956.6.28]
西川 豊
[1885.12.11~1927.1.6]
芥川龍之介
[1892.3.1~1927.7.24]
塚本 文(ふみ)
[1900.7.4~1968.9.11]
東京府立第三中学校で
同級生/親友
義敏
[1909.8.21~1985.12.16]
左登子
[1910.11.28~1999.11.11]
晃
[1918.1.13~1942.5.25]
姪・義娘
瑠璃子
[1916.9.21~2007.8.1]
長男
比呂志
[1920.4.10~1981.10.28]
二男
多加志
[1922.11.8~1945.4.13]
三男
也寸志
[1925.7.12~1989.1.31]

芥川龍之介 家系図

庭先で長男・比呂志、二男・多加志と／昭和二年春
（こおりやま文学の森資料館提供）

其の一

幼少期

生家と養家

袴着の祝い／明治二十九年十一月
（日本近代文学館提供）

明治二十五年三月一日
新原（芥川）龍之介誕生
明治三十年四月
江東尋常小学校附属幼稚園に入園
明治三十一年四月
江東尋常小学校に入学
明治三十五年四月
江東尋常小学校高等科に進学
明治三十八年四月
東京府立第三中学校に入学

僕の母は狂人だつた。僕は一度も僕の母に母らしい親しみを感じたことはない。僕の母は髪を櫛巻きにし、いつも芝の実家にたつた一人坐りながら、長煙管ですぱすぱ煙草を吸つてゐる。顔も小さければ体も小さい。その又顔はどう云ふ訳か、少しも生気のない灰色をしてゐる。僕はいつか西廂記を読み、土口気泥臭味の語に出合つた時に忽ち僕の母の顔を、――痩せ細つた横顔を思ひ出した。

　かう云ふ僕は僕の母に全然面倒を見て貰つたことはない。何でも一度僕の養母とわざわざ二階へ挨拶に行つたら、いきなり頭を長煙管で打たれたことを覚えてゐる。しかし大体僕の母は如何にももの静かな狂人だつた。僕や僕の姉などに画を描いてくれと迫られると、四つ折の半紙に画を描いてくれる。画は墨を使ふばかりではない。僕の姉の水絵の具を行楽の子女の衣服だの草木の花だのになすつてくれる。唯それ等の画中の人物はいづれも狐の顔をしてゐた。

――「点鬼簿」

栞

編者より

明治二十五年三月一日、東京市京橋区入船町八丁目一番地に、一人の男の子が誕生しました。父は牛乳搾取販売業をしていた新原敏三、母はフクといい、辰年辰月辰日辰刻に生まれたことから、「龍之介」と命名されました。

その年の十月末、母・フクは心の病を発症しました。龍之介は、母の兄である芥川道章（どうしょう）・儔（とも）夫妻のもとに引き取られ、のちに養子となります。しかし、幼少期に時折見た実母の姿は、生涯にわたって龍之介の心に暗い影を落とし続けました。

本所区小泉町十五番地にあった芥川家は、代々江戸城の御数寄屋坊主（幕府の茶礼・茶器を司る職）を務めた旧家で、龍之介は、江戸趣味の色濃く残る家庭で育っています。この家には、養父母のほかに龍之介が最も親しみを感じていたという母の姉・フキが同居していました。教育熱心なフキの期待に応えて、勉学に励む日々を過ごしていくことになります。

芥川龍之介のことば

両国の家

僕の記憶の始まりは数へ年の四つの時のことである。と言つても大した記憶ではない。唯広さんと言ふ大工が一人、梯子(はしご)か何かに乗つたまま玄能(げんのう)で天井を叩いてゐる、天井からはぱつぱつと埃が出る——そんな光景を覚えてゐるのである。

これは江戸の昔から祖父や父の住んでゐた古家を毀(こは)した時のことである。僕は数へ年の四つの秋、新らしい家に住むやうになつた。従つて古家を毀したのは遅くもその年の春だつたであらう。

——「追憶」埃

初恋

僕は幼稚園へ通ひ出した。幼稚園は名高い回向院の隣の江東小学校の附属である。この幼稚園の庭の隅には大きい銀杏（いてふ）が一本あつた。僕はいつもその落葉を拾ひ、本の中に挟んだのを覚えてゐる。それから又或円顔の女生徒を好きになつたのも覚えてゐる。唯如何にも不思議なのは今になつて考へて見ると、なぜ彼女を好きになつたか、僕自身にもはつきりしない。しかしその人の顔や名前は未だに記憶に残つてゐる。

——「追憶」幼稚園

将来の夢

僕は幼稚園にはひつてゐた頃には海軍将校になるつもりだつたが、小学校へはひつた頃からいつか画家志願に変つてゐた。僕の叔母は狩野勝玉と云ふ芳涯（はうがい）の乙弟子（おとでし）に縁づいてゐた。僕の叔父も亦裁判官だつた雨谷（うこく）に南画を学んでゐた。併（しか）し僕のなりたかつたのはナポレオンの肖像だのライオンだのを描く洋画家だつた。

——「追憶」画

犬嫌いの理由

幼稚園にはひつてゐた僕は殆ど誰にもいぢめられなかつた。尤も本間の徳ちやんには度たび泣かされたものである。しかしそれは喧嘩の上だつた。従つて僕も三度に一度は徳ちやんを泣かせた記憶を持つてゐる。徳ちやんは確か総武鉄道の社長か何かの次男に生まれた、負けぬ気の強い餓鬼大将だつた。

しかし小学校へはひるが早いか僕は忽ち世間に多い「いぢめつ子」と云ふものにめぐり合つた。「いぢめつ子」は杉浦誉四郎である。これは僕の隣席にゐたから何か口実を拵へては度々僕をつねつたりした。おまけに杉浦の家の前を通ると狼に似た犬をけしかけたりもした。(これは今日考へて見れば Greyhound と云ふ犬だつたであらう。)僕はこの犬に追ひつめられた揚句とうとう或畳屋の店へ飛び上つてしまつたのを覚えてゐる。

――「追憶」いぢめつ子

叱られた思い出

僕は何かいたづらをすると、必ず伯母につかまつては足の小指に灸をすえられた。僕に最も怖しかつたのは灸の熱さそれ自身よりも灸をすえられると云ふことである。僕は手足をばたばたさせながら「かちかち山だよう。ぼうぼう山だよう」と怒鳴つたりした。これは勿論火がつく所から自然と聯想を生じたのであらう。

――「追憶」灸

動物

動物と云へば、思ひ出す事がある。小学校の時に先生が紙を一枚づつくれて、それに「可愛いひもの」と「綺麗なもの」とを書いて出せと云ふから、前項の下に象と書き、後項の下に蜘蛛と書いた。象の可愛いひものは同感の士も多いだらうが、蜘蛛も当時女郎蜘蛛の大きいのを見て、心から綺麗だと思つたのだから仕方がない。所が象は大きくつて可愛くないし、蜘蛛は毒々しいから綺麗とは云へないとか反て先生に小言を云はれた。その先生がもし今でも生きてゐたら、文芸批評家になればいゝにと思つてゐる。

小説もその頃始めて書いた。勿論小説も凄じいがロビンソンクルウソオか何かの模倣で、無人島へ流れついたり、大蛇を射殺したりする甚勇壮活潑な冒険談である。

――「文芸雑話　饒舌」

妻―芥川文のことば

芥川の七福

主人の実母のきょうだいは八人あって、男の兄弟は三人ありました。姉妹の名前は、皆、「フ」の字がつけられ、「フジ」「フミ」「フキ」「フク」「フユ」など、芥川の七福といわれたそうです。

主人の長姉「ハツ」は、主人が産れる前年七歳で夭折しました。大変悧発で皆にかわいがられていたのですが、母が食べさせた食物から、疫痢のような症状で亡くなりました。

母は自分が食べさせた責任で、そのことばかり苦にして、ノイローゼになり、狐の絵ばかりを悲しそうによく描いたそうです。

別に荒々しくなるわけではなく、ただぼんやり坐っていたそうです。

一室にこもりきりで、ときどき思い出すように、狐の絵ばかり描くものですから、家人は祈禱師などを頼んで、狐つきを払うお祈りをさせたりしたようです。

高尾山の琵琶滝に打たれると大変効果があると伝えきくと、高尾山まで連れて行き、その滝にも打たせましたそうです。

が、母は記憶がもどらないまま、明治三十五年に歿しました。

それぞれの人の歩いて行く道は、孤独で淋しいもののようです。

――『追想　芥川龍之介』

龍之介の養父・道章

主人の養父、芥川道章は、主人の母の兄で東京府の土木課に勤めておりました。停年退職後は小さな銀行を経営していたのですが、失敗してからは、ずっと家におりました。

養父は大変器用な人で、畳屋さん、植木屋さん、左官、生花、南画、俳句、書、篆刻、それに一中節をうたい、江戸趣味豊かな人でした。

畳屋、植木屋、左官などは、それぞれの道具を買い揃えて、上手に修理などいたしました。

それでも植木の刈込みなどをして、高い所へ登るような時には、年だから危いといって、それだけは主人が禁止しておりました。

家の中のものはよく整理してあり、皆一々所在をはっきりさせていて、ちゃんと袋の中に入れては、明細書きがしてありました。

細々と毎日の買物の家計簿も、きちんとつけておりまして、大変きちょうめんな人でありました。

――前述

文学への目覚め

一高時代の或日のこと。

その日は大変風の吹く日でした。窓の外を何気なく眺めていますと、木の葉が風に吹かれて揺れ動き、その木の葉の一つ一つが、思い思いの形に揺れているのをみていると、創造の世界の素晴しさ、美しさに魅せられて、文学を終生の仕事にしてみたいと、痛切に感じたそうです。

それが文学へ進もうと決心した、はじめであったということを、主人はいつか私に、話してくれました。

——前述

長男—芥川比呂志のことば

龍之介の養父・道章

祖父は立派な体格をしていた。大柄な顔立が、厳つく見えることもあったが、どちらかといえば優しく、笑うと子供のようにあどけなかった。盆栽が好きで、座敷の縁先に台をつくり、鉢を並べて、朝夕に如露で水を注いでいた。庭の八つ手の葉が煤煙を浴びて黒くなっているのを、一枚一枚雑巾で拭いていたことがある。（略）

小学校への送り迎えをしてくれるのも祖父であった。ある朝、教室へ入ると、いきなり懐ろから金槌と紙に包んだ釘を取り出して僕の腰掛の脚を直しはじめた。すこしぐらついていたのを、前の日に発見して、用意してきたらしい。カンカンとあたりはばからず大変な音を立てるので、恥ずかしかった。生徒達がおおぜいたかってきた。誰かが「小父さん、何してるの？」と訊くと、祖父は少し煩さそうに「なに、比呂公の椅子が壊れているから直しているのさ」と答えた。

古い、百年近くなるという長火鉢の前が食事の時の祖父の席であった。毎晩二合位ずつ晩酌をやり、機嫌のよい時には「比呂公、手褄（てづま）（手品のこと）を使ってやろうか」などと言いながら、茶碗の蓋を呑込んで眼から出して見せたりした。顔をしかめたり胸を押えたり、いろいろ身振りをするのが面白かった。ふと気がつくと、隣に父がいてやはり面白そうににやにや笑いながら、祖父を眺めていることもあった……

――『決められた以外のせりふ』

龍之介の養母・儔

祖母は祖父とは反対に、小柄な老人だった。（僕達は祖母のことを「小さいおばあさん」大伯母のことを「大きいおばあさん」或いは「ばあちゃん」と呼んでいた）

祖母は幕末の大通人細木香以の姪だった。そのために、父が細木香以の血を享（う）けているように言われることがあるが、それは誤りである。父は、祖父（道草）の実妹芥川ふくが新原敏三に嫁いで挙げた第三子（長男）である。母方に子がなかったために、生れるとすぐ芥川家に引取られた。祖父はそれ故、父の養父であり、また実の伯父に当るのである。祖母（養母）とは血のつながりはない。

祖母は若い時には、同じ下町育ちとは言え、祖父や大伯母──芥川家に育った人達よりも、明るい派手な生活をしていたようである。何かおかしいことがあって笑う時にも祖父や大伯母にはおのずからな形があって、どんなに心の底から笑ってもその限界は決して踏越えない感じであったが、祖母は身体をまげ、ほとんど涙を流しながら甲高い声をたてて笑いこけたりした。出入りの商人や女中達にいちばん親しまれているのはこの祖母であった。万事に砕けた所があり、祖父や大伯母の武家風なのに比べると、商人風であった。煙草が好きで、いつも長火鉢の前に坐り、長い煙管（きせる）できざみを吸っていた。

──前述

龍之介の伯母・フキ

祖父の妹に当る大伯母は、三人の老人の中で、一ばん子供達には親しみにくい人だった。一ばん恐かった。顔が長くて、眇（すがめ）だった。子供の時に凧揚げを見に行き、凧の綱に足を取られて倒れたはずみに、竹か何かにさしたのだそうだ。然しその顔には気品があった。

一生涯、独身であった。若い時に、是非嫁にと言ってきた人があったそうである。英語の先生で、美しい口髭を生やし、太い縮緬(ちりめん)の兵児帯をしめた立派な人だったという。時々訪ねて来ては、話をする暇に、英語を教えてくれたそうである。僕達は時々面白半分に尋ねたものだ。

「犬は?」「ドッグ」「猫は?」「キャットだろう。そのくらいはまだ覚えていらあね」そう言って大伯母は笑う。

ところが、その英語の先生はよそからお嫁さんをもらってしまった。——勿論、それが大伯母の独身の原因の全部とは思えないけれど。

気に入らないことがあると誰でも叱る。祖母まで叱られるのであった。お盆のお使いものだとか、蒲団の綿の打ち返しだとか、他家とのつきあいや家の中の細かな眼の届き難いことの取締りをするのが大伯母であった。(略)

大伯母の父への愛は深く、一生、それは渝(かわ)ることがなかったといってよい。人工栄養で育った虚弱な父は、幼い頃から病気をし勝ちだった。そういうときにいつも一ばん心を痛めるのは大伯母であった。ある夕方、父はひきつけの発作を起した。大伯母はちょうど髪をといて洗っている最中だったがその報せをきくと、すぐに父を抱え、濡れた髪をふり乱したまま、裸足で夕暮れの町を走り、医者の家へ駆込んだ。それを見た町の人達は、狂人だと思ったという。

──前述

姪 芥川瑠璃子のことば

龍之介の姉・ヒサ

私の母ヒサは龍之介の実父、新原敏三の次女として生れた。娘時代は裕福な生活ぶりだったという。敏三は新宿で宮内省御用達の牛乳業を営み、その事業は発展しお金まわりもよかったがルーズな面もあり、海苔など容れて置く長火鉢の小抽出しを開けると、小銭が沢山はいっていて誰でも持ち出して使える状態だったと母からきいた。

季節ごとの家内行事も欠かさず行われていて、庭で春のお花見、筍の出廻るころには裏の竹藪から掘りたての筍を使用人達が掘ってきて大鍋で調理し、緋毛氈を敷いた庭で酒盛りなどしたという。庭には築山があり、東屋(あずまや)も設(しつら)えてあった。敏三は商売柄、よく牛乳でミルクセーキを作ってくれたが、それが大変おいしかったとか。「あの頃が一番たのしかったわ、龍ちゃんとチャンバラごっこして、あの人頭のハチが大きいでしょ、踏み台を被ったら穴から頭が抜けなくなって、大さわぎしたものよ」針仕事などしながら、時々思い出したように昔話をしてくれた。

母が一番いやだったのは、親が呉服屋で沢山着物を拵えてくれて、それを着て好きなところへ出かけておいで……と言われることだったという。「もったいない話じゃないの、行けばいいのに」と言うと、「私は引っ込み思案の娘でねえ、今でこそこんなお喋りになったけれど、娘時代はあんまり口もきかず、お蔵から引っぱり出した草双紙なんかを一人で読んでるのが好きだったのよ」と言う。

もと住んでいた本所の七不思議の話も面白かった。「置いてけ堀」や「ばかばやし」、真面目な顔で「皆がいうばかばやしを私も本当にきいたことがあるのよ」というが、私はあまり本気にしなかった。母は明治二十一年生れで龍之介より四歳年上であったから、私の知らない珍しい話を沢山知っていた。

——『影燈籠 芥川家の人々』

❧龍之介の実父・新原敏三❧

龍之介の実父新原敏三は、私の母からきいたところによると相当のカンシャク持ちでせっかちだったらしい。幼い母を連れて早朝に朝顔市へゆくが、通る人が振り返って笑うのでやっと気がつくと衣紋掛けごと浴衣を、しかも裏返しに着て歩いていたそうである。気がつかない母も母だから「注意すればよかったのに……」というと「まだちいさい子供だったんだから、しようがないじゃないの。多分お祖母さん（その頃は後妻のフユ）が洗濯して汚れないように裏干しした浴衣を、面倒くさいのでさっと着て出ちゃったのよ」と笑っていた。

――前述

龍之介の生い立ち

龍之介は父が四十二歳、母が三十三歳の両親大厄の年、明治二十五年三月一日辰年辰月辰日辰の刻に生まれたためそのように命名され、「捨児にしないと育たない」という迷信を担ぎ、橋のたもとに「捨児」の形式で捨てられ、実父の旧知松村浅二郎に拾われて、母発狂後、芥川の養子となったことはよく知られている。

ある日、芥川の家を訪れたヒサは、挨拶しながら内玄関の戸を開けると、龍之介が道章に叱責されている場面にぶつかった。養父の小言の原因は、龍之介の買った新しい箸箱がどうしたとかいう取るに足りない事柄だったらしい。ヒサは家へあがりかねて玄関に立ったまま龍之介のかたを持つようなことを言ったらしいが、その時龍之介の目から一筋の涙が頰を伝わるのを見たという。「私は学生服姿の龍ちゃんの姿をみていたら、とてもその時の龍ちゃんがかわいそうで忘れられない」と洩らしている。

――『双影　芥川龍之介と夫比呂志』

其の二

青年期

夏目漱石との出会い

第一高等学校時代 井川恭と／大正元年十二月三日
（日本近代文学館提供）

明治四十三年九月
第一高等学校一部乙類（英文科）に入学

大正二年九月
東京帝国大学文科大学英吉利文学科に入学

大正三年二月
第三次『新思潮』創刊

大正四年十一月
「羅生門」発表、夏目漱石「木曜会」に初めて出席する

大正五年二月
第四次『新思潮』創刊、「鼻」を発表

大正五年二月十九日
漱石より「鼻」を称賛する手紙が届く

大正五年七月
東京帝国大学文科大学英吉利文学科を卒業

大正五年十二月九日
夏目漱石逝去

文芸家たらんとする諸君に与ふ

文芸家たらんとする中学生は、須らく数学を学ぶ事勤勉なるべし。然らずんばその頭脳常に理路を辿る事迂にして、到底一人前の文芸家にならざるものと覚悟せよ。

文芸家たらんとする中学生は、須らく体操を学ぶ事勤勉なるべし。然らずんばその体格常に薄弱にして、到底生涯の大業を成就せざるものと覚悟せよ。

文芸家たらんとする中学生は、須らく国語作文等を学ぶに冷淡なるべし。これらの課目に冷淡にして、しかもこれらの課目に通暁し得る人物にあらずんば、到底半人前の文芸家にさへならざるものと覚悟せよ。

数学の出来ず、体操の嫌ひなるを以て、反つて己の文芸的天分豊なるかの如く己惚るゝものは元より、国語の点数多く作文の甲ばかりなるを以て、一かどの天才の如く考ふるものは、自家の愚を天下に広告すると共に、併せて文芸の大道を冒瀆するものと云はざる可からず。こは予自身の経験に基く言にして、予亦然く中学時代を有効に経過せざりしを悲しみつゝあるものなり。一言文芸家たらんとする諸君に告ぐる事斯くの如し。

――東京府立第三中学校学友会『学友会雑誌』第二十三号「特別附録」

龍之介は登山をしたり、度々旅行に出かけるなど活発な中高生時代を過ごした後、大正二年九月、東京帝国大学文科大学英吉利文学科に入学しました。翌年には第一高等学校時代からの友人らを中心に文芸雑誌・第三次『新思潮』を創刊、文学に対し真剣に向き合うようになっていきます。同年森鷗外の観潮楼を訪ね、翌大正四年十一月十八日には夏目漱石のもとへも出向いています。そして大正五年二月、漱石より第四次『新思潮』に発表した「鼻」を称賛する手紙をもらい、これがきっかけとなり文壇へと登場するようになりました。しかし、その年の十二月、漱石が胃潰瘍により永眠したため、二人の直接の交流は僅か一年あまりで終わっています。

またこの頃、吉田弥生という女性に恋心を抱いて真剣に結婚を考えましたが、家族の反対にあって断念するという苦い経験もしています。

芥川龍之介のことば

えらくなりたい

廿二歳がくれる　暮れる
大学へ行つてから新しい友だちは一人も出来ない　淋しいけれど自由です　自由だけれど
ものたりない事もある　何しろ二十二歳が暮れる　えらくなりたい　ほんとうにえらくな
りたい

――大正二年十二月三十日　山本喜誉司宛書簡

芽生えた恋心

僕の心には時々恋が生れる　あてのない夢のやうな恋だ　どこかに僕の思ふ通りな人がゐる
やうな気のする恋だ　けれども実際的には至つて安全である　何となれば現実に之を求むべ
く一に女性はあまりに自惚がつよいからである二に世間はあまりに類推を好むからである

要するにひとりでゐるより外に仕方がないのだが時々はまつたくさびしくつてやり切れなくなる

それでもどうかすると大へん愉快になる事がある　それは自分の心臓の音と一緒に風がふいたり雲がうごいたりしてゐるやうな気がする時だ（笑ふかもしれないが）　勿論妄想だらうけれどほんとにそんな気がして少しこはくなる事がある

序にもう一つ妄想をかくと何かが僕をまつてゐるやうな気がする　何かが僕を導いてくれるやうな気がする　小供の時はその何かにもつと可愛がられてゐたがこの頃は少し小言を云はれるやうな気がする　平たく云ふと幸福になるポツシビリチーがかなりつよく自分に根ざしてゐるやうな気がする　それも仕事によつて幸福になるやうな気がするのだから可笑しい

——大正三年五月十九日　井川恭宛書簡

吉田弥生との恋と失恋

ある女を昔から知つてゐた　その女がある男と約婚をした　僕はその時になつてはじめて僕がその女を愛してゐる事を知つた　しかし僕はその約婚した相手がどんな人だかまるで知らなかつた　それからその女の僕に対する感情もある程度の推測以上に何事も知らなかつた　その内にそれらの事が少しづゝ知れて来た　最後にその約婚も極大体の話が運んだのにすぎない事を知つた
僕は求婚しやうと思つた　そしてその意志を女に問ふ為にある所で会ふ約束をした　所が女から僕へよこした手紙が郵便局の手ぬかりで外へ配達された為に時が遅れてそれは出来なかつた　しかし手紙だけからでも僕の決心を促すだけの力は与へられた
家のものにその話をもち出した　そして烈しい反対をうけた　伯母が夜通しないた　僕も夜通し泣いた
あくる朝むづかしい顔をしながら僕が思切ると云つた　それから不愉快な気まづい日が何日もつゞいた

――大正四年二月二十八日　井川恭宛書簡

イゴイズムをはなれた愛があるかどうか　イゴイズムのある愛には人と人との間の障壁をわたる事は出来ない　人の上に落ちてくる生存苦の寂寞を癒す事は出来ない　イゴイズムのない愛がないとすれば人の一生程苦しいものはない

――大正四年三月九日　井川恭宛書簡

生涯の師・夏目漱石

我々は海岸で、運動をして、盛に飯を食つてゐるんですから、健康の心配は入りませんが、先生は、東京で暑いのに、小説をかいてお出でになるんですから、さうはゆきません、どうかお体を御大事になすつて下さい。修善寺の御病気以来、実際、我々は、先生がねてお出でになると云ふと、ひやひやします。先生は少くとも我々ライズィングジェネレエシヨンの為めに、何時も御丈夫でなければいけません、

――大正五年八月二十八日　夏目漱石宛書簡

夏目漱石の死

夏目先生の逝去ほど惜しいものはない。先生は過去に於て、十二分に仕事をされた人である。が、先生の逝去ほど惜しいものはない。先生は、この頃或転機の上に立つてゐられたやうだから。すべての偉大な人のやうに、五十才を期として、更に大踏歩を進められやうとしてゐたから。

僕一身から云ふと、外の人にどんな悪口を云はれても先生に褒められゝば、それで満足だつた。同時に先生を唯一の標準にする事の危険を、時々は怖れもした。（略）

絶えず必然に、底力強く進歩して行かれた夏目先生を思ふと、自分の意気地のないのが恥しい。心から恥しい。

文壇は来るべき何物かに向かつて動きつゝある。亡ぶべき者が亡びると共に、生まるべき者は必生まれさうに思はれる。今年は必何かある。何かあらずにはゐられない、僕等は皆小手しらべはすんだと云ふ気がしてゐる。

——「校正の后に」『新思潮』第二年第一号

姪―芥川瑠璃子のことば

吉田弥生との悲恋

龍之介が最初に結婚したかったらしいというYさんのことも、ヒサは話してくれたことがある。

龍之介の気に入ったその女性を、一目家族に引き合せようと自宅に招いたことがあったそうだが、応対に出たのは伯母フキだった。両親はじめみな、この結婚にはあまり賛成していなかったらしい。恰度桜の花が満開の季節だったが、庭の桜を見やりながら、話の切れ目に伯母が言った。

「桜の花もきれいですが、何しろ毛虫が多くってね」

Yさんは当時の文学少女で才気煥発、男友達の数も多かったという。

「伯母さんは、きっと、芥川の嫁としてYさんを相応しくないと思って皮肉を言ったんでしょう」とヒサは言う。「きれいな人だったけどねえ、伯母さんのひと言で、Yさんは悧巧な人だから判ったんでしょう。龍ちゃんとのことはそれっきりになったのよ」とつづけた。
ヒサの育った芝の家は歌手三浦環の家が近くにあり、よく招かれて環のうたを聴きに行ったそうである。振り袖姿の環は、おつきの人に手をひかれて、しずしずと現れる。集った沢山の男女の前で、得意のうたを唄ってきかせる。当時としては環の家は派手な社交場でもあったらしく、その中にYさんの姿も混っていたということである。

——『双影　芥川龍之介と夫比呂志』

其の三

結婚

〝小鳥ノヤウニ幸福デス〟

塚本文との婚礼写真／大正七年二月二日
（田端文士村記念館提供）

大正五年十二月一日
海軍機関学校の英語学教授嘱託に就任

大正五年十二月十八日
芥川家と塚本家が結納を交わし、文（ふみ）との婚約が成立

大正六年五月二十三日
短編集『羅生門』刊行

大正七年二月二日
塚本文と結婚

大正七年七月一日
「蜘蛛の糸」発表

大正八年三月
海軍機関学校を辞し、大阪毎日新聞社に入る

恋愛及結婚に就いて若き人々へ

この人でなくてはと思ふ人のみを愛し或は夫とする事。決して中途半端な恋愛や結婚をせぬ事。さもなくば自己も他人をも不幸にすべし。こは道徳にあらず。単に事実なり。

——『婦人くらぶ』第一巻第二号

栞

編者より

妻となる塚本文との出会いは、龍之介十六歳、文八歳のときに遡ります。ある日、龍之介が中学の同級生であった山本喜誉司の家を訪ねると、そこには姪の文が同居していました。

それから八年、失恋を経て恋に臆病となっていた龍之介は、女学生の文と再会します。文に対する「可成の興味と愛」に満たされ、その愛が確信に変わると、想いは幾通ものラブレターとなって届けられます。そして約一年の婚約期間を経た大正七年二月二日、二人はめでたく結婚の日を迎えました。

その頃の芥川家は、明治四十三年の隅田川の氾濫が原因で、北豊島郡滝野川町大字田端四百三十五番地に転居していました。しかし龍之介は大学卒業後に横須賀の海軍機関学校の英語学教授嘱託に就任していたため、新婚生活は鎌倉で送っています。

芥川龍之介のことば

金にならない商売

僕のやつてゐる商売は　今の日本で　一番金にならない商売です。その上　僕自身も　碌に金はありません。ですから　生活の程度から云へば　何時までたつても知れたものです。それから　僕は　からだも　あたまもあまり上等に出来上つてゐません。（あたまの方はそれでも　まだ少しは自信があります。）うちには　父、母、伯母と、としよりが三人ゐます。それでよければ来て下さい。僕には　文ちやん自身の口から　かざり気のない返事を聞きたいと思つてゐます。繰返して書きますが、理由は一つしかありません。僕は　文ちやんが好きです。それだけでよければ　来て下さい。

――大正五年八月二十五日　塚本文宛書簡

ほんとうに僕を愛してくれますか

僕には　僕の仕事があります　それも楽な仕事ではありません　その仕事の為には　ずゐぶん　つらい目や苦しい目にあふ事だらうと思つてゐます　しかしどんな目にあつても、文ちやんさへ僕と一しよにゐてくれれば僕は決して負けないと思つてゐます　これは大げさに云つてゐるのでも　何でもありません　ほんとうにさう思つてゐるのです　前からもさう思つてゐました　文ちやんの外に僕の一しよにゐたいと思ふ人はありません　文ちやんさへ、今の儘でゐてくれれば　今のやうに自然で、正直でゐてくれれば　さうして僕を愛してさへゐてくれれば
何だか気になるから　ききます　ほんとうに僕を愛してくれますか

——大正六年四月十六日　塚本文宛書簡

結婚前に

だん〴〵二月二日が近づいて来ます　来方が遅いやうな気も早いやうな気もします　もう正味二週間だと思ふと驚かずにはゐられません　文ちやんはどんな気がします

僕は当日の事をいろいろ想像してゐます　さうして　少し不安な気もしてゐます　何だかまだ身仕度も出来ないうちに真剣勝負の場所へひつぱり出されたやうな気がしない事もありません　しかしそれよりも嬉しい気がします　文ちやんは御婚礼の荷物と一しよに忘れずに持つて来なければならないものがあります　それは僕の手紙です　僕も文ちやんの手紙を一束にして持つてゐます　あれを二つ一しよにして　何かに入れて　何時までも二人で大事にして置きませう　だから忘れずに持つてゐらつしやい（略）

今　これを書きながら　小さな声で「文ちやん」と云つて見ました　学校の教官室で大ぜい外の先生がゐるのですが　小さな声だからわかりません　それから又小さな声で「文子」と云つて見ました　文ちやんを貰つたら　さう云つて呼ばうと思つてゐるのです　今度も誰にも聞えません　隣のワイティングと云ふ米国人なぞは本をよみながら居睡りをしてゐます　さうしたら急にもつと大きな声で文ちやんの名を呼んで見たくなりました　尤も見たくなつた丈で実際は呼ばないから大丈夫です　安心してゐらつしやい

――大正七年一月二十三日　塚本文宛書簡

妻 ― 芥川文のことば

文の父

私の父は海軍の軍人で、明治三十七年日露戰爭がはじまつて早早に戰死いたしました。軍艦初瀬の乘り組みで參謀をいたしてをりました。父はその時三十六歳丁度芥川の亡くなつたときと同じ年齢です。私は五歳でした。

――「二十三年ののちに」

龍之介との出会い

私の一家は芝の東禪寺の隣に住んでをりました。祖父の代に飛驒の高山から出て來てここに住んだのです。父が死んだ翌年には、祖父と祖母とが相次いで亡くなり、二十四歳の母は私と弟を抱えて、その淋しい東禪寺の隣りにしばらく住んでをりましたが、それではいろいろの點で不自由なので、母方の里本所相生町へ移りました。その家に私の母の弟がをりまして、その叔父が第三中學に通つてをりました。芥川がやはり三中に通つてをり、この叔父と同級でありました。芥川はその頃、本所小泉町に住んでをりました。私はその叔父のことを、いくつも年が違はないので兄さんと呼んでをりました。芥川がその「兄さん」の叔父のところへ遊びにまゐりますと、私は「兄さん、芥川さんが來たわよ。」といひました。つまり私が芥川を知つたのは八歳の時なのであります。

――前述

思い出の帯留め

大正七年に結婚しましたので、それまでの一年間が婚約時代というのでしょうか。

その一年間に、主人は、はじめて原稿料が入ったからといって、贈り物をしてくれました。蝶が羽を拡げた形の帯留で、細工の裏をかえすと、「りう」という、かな文字が彫ってありました。

年寄りが記念にときっとすすめたのでしょう。婚約時代に贈り物をされたのは、それがはじめてで、それ一つだけでした。

――『追想　芥川龍之介』

ラブレターも創作？

色がすっかり変ってしまったのですが、主人が私に宛てた手紙です。（略）

ワタクシハ　アナタヲ愛シテ居リマスコノ上愛セナイ位愛シテ　居リマス

ダカラ幸福デス

小鳥ノヤウニ幸福デス

これは私が結婚する前にもらったものですが、私はときどき、主人の手紙も創作の一部であったかも知れないと思ったりします。

――前述

大好物は鰤の照焼

養父母と伯母が家事全般を扱っていましたので、直接主人の食事のことなどで私が煩わされたことなどありませんでした。

芥川家は皆質素で、一汁一菜式のもののようでした。

主人は鰤の照焼が大好物で、それさえあれば他には何にもいらないというほどでした。

外へ出ても色々のものを頂くようで、特別に好き嫌いというほどはっきりしたものはなかったようです。

――前述

二人の思い出

主人と二人で市電で出かけた時のことでした。

乗ってすぐには気がつきませんでしたが、しばらくたって、それとなく廻りの人達をみますと、あまり混んでいる車内ではありませんので、ほどほどに坐っています。

停留所がくると、幾人かが降り、また幾人かが乗って来ます。

ふと気がつくと、私達の坐っているすぐ向い側の席に、男の人が腰をかけているのです。それでもあまり気にしませんでしたが、電車が止ってもなかなか降りるふうがありません。よく見ると眼鏡をかけていて、その眼鏡がだいぶずり落ちていて、上目使いに始終私の方をみているのです。

さあ気になり出したら、どうにも落ち着きません。

遂に私達が降りても、その眼鏡の人は降りずに乗っていたようです。

家に帰ってから、主人も、だいぶ電車の眼鏡氏が気になったとみえて、

「めなめ、めなめ（めがねのこと）」

としきりに言っておりました。

だいぶ後になっても、ときどきその時の、「めなめ」の話が出て、二人で大笑いをいたしました。

——前述

姪―芥川瑠璃子のことば

お茶目な文

文は龍之介と婚約中も、叔父喜誉司と三人で連れだって、よく音楽会にも行ったりしている。ある日の音楽会へ行った帰り途、自分の前を談笑しながら歩いてゆく二人の、小脇にかかえたプログラムを、後から走って行ってぽんと突っつき、驚く様子が面白くてたまらず、何度もいたずらしてははしゃいだ。「私は相当お茶目さんだったのよ」と述懐している。

――『双影　芥川龍之介と夫比呂志』

二人だけの英語の授業

文は新婚当時、朝とか夜のひとときを、龍之介から英語を習っていたと言っている。その時のノオトも恋文といっしょに蔵ってあった。英語を習っていた頃は、龍之介が横須賀の機関学校の英語教師をしていた頃だったそうだが、夜やすむ前のひととき、二人して机に向い合い、筆記したり発音も教えて貰っていたという。「あの頃が、私一番楽しかったように思うのよ。子供が生れたら私の方に時間の余裕がなくなって、英語の勉強も自然と立ち消えになってしまったの」

——前述

芥川家の年寄り三人

〔文は〕よくよその人から「芥川には年寄りが三人もいて、大変でしょう」と訊かれもしたが、

「生活上の多少のくい違いはあったけれど……それは年寄りにとって、私は孫位の年齢だったし、逆に向うの方が、私のことを右も左もわからない困った者位に思っていたかも知れませんね。でも意地悪は一人もいなかったし、私は倖せだったと思っていますよ」

とこたえている。

——前述

好き同士の結婚

叔母の苦労を知っているから「なぜ芥川にお嫁にきたの？」など、いま思えば随分失礼なことを平気で口にしたりした。「だって、お父さんも私も好き同士だったから」と叔母は言う。

――『影燈籠 芥川家の人々』

『羅生門』の作者

文没後持ちものを娘とふたりで整理していたら、大切に蔵っておいたと思われる手紙の一束が出てきた。そのなかに、文の幼馴染みで親友でもあったM子さんからのものが何通か混っている。（略）文の婚約時代のこととして、「あの時、文子さんは私が婚約者の名を尋ねたら、あなたは『羅生門』の一冊をそっと差し出したのね」とある。その時の文は髪型を桃割れに結っていたという。娘と私は読みながら、若き文の倖せそうな姿と親友のM子さんとのそのときの情景が目に浮び、思わず貰い泣きをしてしまった。

――前述

其の四

父になる

三人の息子たち

玄関前での三兄弟／昭和四年四月（田端文士村記念館提供）

大正九年四月十日
長男・比呂志誕生

大正九年七月一日
「杜子春」発表

大正十年三月〜七月
大阪毎日新聞社より海外視察員として中国に派遣される

大正十一年一月一日
「藪の中」発表

大正十一年三月一日
「トロッコ」発表

大正十一年十一月八日
二男・多加志誕生

大正十四年七月十二日
三男・也寸志誕生

彼は襖側(ふすまぎは)に佇んだまま、白い手術着を着た産婆が一人、赤児を洗ふのを見下してゐた。赤児は石鹸の目にしみる度にいぢらしい顰め顔を繰り返した。のみならず高い声に啼きつづけた。彼は何か鼠の仔に近い赤児の匂を感じながら、しみじみかう思はずにはゐられなかつた。――

「何の為にこいつも生まれて来たのだらう？　この娑婆苦の充ち満ちた世界へ。――何の為に又こいつも己のやうなものを父にする運命を荷つたのだらう？」

しかもそれは彼の妻が最初に出産した男の子だつた。

――「或阿呆の一生」二十四　出産

栞

編者より

約二年間の教師生活に終止符を打ち、大阪毎日新聞社の社員として専業作家の道を選んだ龍之介は、大正八年四月末、田端の家へと戻ります。扁額「我鬼窟」を掲げた書斎には日に日に来客が増え、七月頃より日曜日を面会日と定めるようになりました。

大正九年四月十日、長男が誕生すると、友人・菊池寛の名にちなみ、比呂志と名付けました。それから二年後、「わたしも今度は女の子を持ちたい」と友人宛の手紙に書いた龍之介ですが、十一月八日、誕生したのは自らとよく似た男の子でした。二男は画家・小穴隆一から一字とり、仮名読みにして多加志と名付けています。さらに大正十四年七月十二日に生まれた三男・也寸志は、高校時代からの友人・井川（のちに恒藤）恭（きょう）より命名しました。

芥川龍之介のことば

父になる

僕も近々父になる　何だか束縛されるやうな気がして心細い

──大正九年三月三十一日　恒藤恭宛書簡

長男・比呂志

赤ん坊は比呂志とつけた　菊池〔寛〕をGod-fatherにしたのだ　赤ん坊が出来ると人間は妙に腰が据るね　赤ん坊の出来ない内は一人前の人間ぢやないね　経験の上では片羽の人間だね　大きな男の子で目方は今月十日生れだがもう一貫三百目ある

──大正九年四月二十八日　恒藤恭宛書簡

友人の子の死に際して

さぞ君も奥さんも御力落しだらうと思ふ　比呂志を見てこいつに死なれたらと思ふと君たちの心もちも可成わかるやうな気がする　僕の子もいやにませてゐるから何だか不安にもなり出した　おやぢが君の手紙を読んで泣いた　おふくろや何かも泣いた　文子は泣きながらぽかんと坐つて「まあどうしたんでせう　まあどうしたんでせう」と愚痴のやうな事を云つてゐた　女や老人は涙もろいものだと思つた　それが羨しいやうな気も少しした

——大正九年七月三日　恒藤恭宛書簡

二男・多加志

妻は二つになる男の子のおむつを取り換へてゐるらしかつた。子供は勿論泣きつづけてゐた。自分はそちらに背を向けながら、もう一度眠りにはひらうとした。すると妻がかう云つた。「いやよ。多加ちやん。又病気になつちやあ」自分は妻に声をかけた。「どうかしたのか?」「ええ、お腹が少し悪いやうなんです」この子供は長男に比べると、何かに病気をし勝ちだつた。それだけに不安も感じれば、反対に又馴れつこのやうに等閑（なほざり）にする気味も

ないではなかつた。（略）

多加志はやつと死なずにすんだ。自分は彼の小康を得た時、入院前後の消息を小品にしたいと思つたことがある。けれどもうつかりさう云ふものを作ると、又病気がぶり返しさうな、迷信じみた心もちがした。その為にとうとう書かずにしまつた。今は多加志も庭木に吊つたハムモツクの中に眠つてゐる。自分は原稿を頼まれたのを機会に、とりあへずこの話を書いて見ることにした。読者には寧ろ迷惑かも知れない。

――「子供の病気」

息子の幼稚園

比呂志毎日欣々として幼稚園へ通ふよし珍重、何でもひとりでさせるがよし。（略）
帰つたら、一度幼稚園へ比呂公の迎へに行つて見たい。

――大正十四年四月十六日　芥川文宛書簡

三男・也寸志

春の夜の言葉。——「やすちゃんが青いうんこ、をしました。」

——「春の夜は」

妻―芥川文のことば

年寄たちの赤ん坊

私たちに子供が出來ると、養父母や叔母は非常にその孫を可愛がり、ほとんど年寄たちの赤ん坊といふ工合になつてしまひました。父親の芥川はその老人たちの赤ん坊を脇から見てゐるといふ有様です。私がまた何も判らないので、その年寄たちのいひなり次第になつてゐました。たとへば赤ん坊に一定の時間に乳をやらうとしても、老人たちはそんなことは無用とばかり自分たちのいゝやうにするわけです。萬事さういふ調子でしたから、今考へて見ると芥川の性格としては、家の中のことが一つの重荷であつたかも知れません。

――「二十三年ののちに」

妻へのお土産

三人の子供達は皆、家で産まれました。長男の時も、家の人々にはいろいろ世話をかけましたし、二男を妊りました時も、また出産で世話をかけるからと思いまして、主人とも相談の上、伯母と養母とを京都見物に主人が連れて行くことになりました。

あちらこちらと京都見物も終り、いよいよ帰る時になり、土産を買うことになったそうです。

主人が大っぴらに私に土産を買える時は、旅行をした時くらいのもののようでした。中国旅行に行った時も、魚の形をした翡翠の帯留を買って来てくれましたが、普段は物など買って来たことはありませんでした。伯母は、「文ちゃんは何でもものを大事にするから……」と主人のそばで言ったそうです。

その伯母達に見立ててもらったのでしょう、ちりめんに刺繍のある、いかにも京都好みの半襟を買って来てくれました。

主人の姉と弟嫁と、私とに買って来ました。まだどこかにしまってありますけれど。

年寄りを相手に、てれながら私の半襟をえらんでいた主人の姿を想像すると、おかしくなってしまいます。

――『追想　芥川龍之介』

神経質な二男・多加志

普段、執筆している時は別ですが、執筆の合間にときどき部屋へ来て、赤ん坊だった子を抱いたり、頬をつついたりしました。

二男は体が弱かったのですが、赤ん坊の時、病気で医師に診察してもらっていて、医師が、小さい棒の先で軽くお尻の上をなでましたら、さっと赤い筋が出来て、なかなか消えませんでした。

その現象は、大変神経質な証拠なのだそうです。過敏症というのでしょうか、今でいう、アレルギーみたいなものなのでしょう。

その二男がまだ、小学校へあがらない時、学校へ出かける長男のまねをして、家の中で学校ごっこをして、一人でよく遊びました。

その日も学校へ行くのだと言いながら、風呂敷を持って来てひろげるのです。

当時は学校の本など、風呂敷に包んで行きました。

二男は、絵を書いたり、いたずら書きをする自分のノートと、鉛筆を持って来て、風呂敷に包むのです。

普通、風呂敷は、表を外にして物を包むのですが、二男は表を中にし裏を外にして包むのです。主人は、

「それは違うよ、裏が表に出ているね」

と注意をしました。

　すると二男は、

「お父さん違うよ、表を中にして包むと、ほどいて中をあけた時に、きれいだろ」

と言います。

　主人はそばにいた私に、

「この子は、我々夫婦には育てきれないかもしれないよ」

と言ったりいたしました。

　ちょっと親ばかのようですけれど……。

――前述

長男──芥川比呂志のことば

多門か比呂志か

私は自分のお七夜に自分の名前を自分で選びました、（略）一種のくじびきをしたのです。（略）いろいろ候補のあった中から、三つの名前が残ったそうです。タモン、ジュンイチロウ、ヒロシ。

タモンは文字にすれば多門、古く芥川の家にあった名とも、父の好みの名とも聞かされた憶えがありますが、むろん両立する話でもあります。ジュンイチロウは谷崎、ヒロシは菊池、いずれも父が親愛し畏敬していた先輩友人の名です。ただこれを文字にすると、ジュンイチロウは潤一郎で元のままですが、ヒロシは寛が万葉仮名になって比呂志と三字になる。これは一つにはカンと読まれないようにするためで、後には諦めて黙認なさったこの音読を、当時の菊池氏は嫌っておられたようです。名前は、二通りに読めぬほうがいいというのが父の持論だったらしく、万葉仮名なら、なるほど他に読みようはないわけです。

さて、お七夜。まず、潤一郎が落ちました。字画が多すぎる、姓も五音、名前も五音というのは長すぎる、自他ともに無用の負担となるというのが父の意見で、これは龍之介という名を持った自分の体験から来た意見ですから、迫力があったと見えて、すんなり決った。（略）

残った多門と比呂志とを、祖父が、細長く切った半紙にそれぞれ墨で書いてたたみ、私の左右の手に握らせると、やがて、一方の手が、旗を振るように激しく動いた。そちらの紙を明けてみると、比呂志だったという、ただそれだけの話ですが、多門にするか比呂志にするか、命名の最後の所を、自分で決めかねた、迷ったというのが、いかにも父らしい気がします。ちょっと恐かったのだろうと思います。

――『肩の凝らないせりふ』

❧茶の間の思い出❧

食事の時間になると、階段の下から二階で仕事をしている父に声をかける。「龍ちゃん、ごはんだよ」と老人達はいう。母は「お父さん、ごはんです」という。それに応じて二階から「はい」という返事が聞える。
幼い僕は、たぶん祖母にでも教えられたのであろう、「とうちゃん、まんま」と呼んでいたそうである。それがしまいには、父の返事を真似て「とうちゃん、まんま、はあ」と言うようになったそうである。ずいぶん後まで、祖母はこの事を一つ話にしていた。（略）
父の仕事が終って、階下の茶の間や縁側で家の者達と寛いでいる時に、せがんで話をして貰うことがあった。父のお得意は「西遊記」だった。僕の方でもそれが面白くて、いつも続きをせがんだ。孫悟空は僕の幼年時代の英雄だった。（略）
母に買って貰ったクレヨンを持って行って孫悟空の顔を書いてくれと頼んだ。父は早速猿の顔を描いてくれた。猪八戒、沙悟浄、三蔵法師と次々に注文するのを、「よし、こんどは樺色」「こんどは緑色」と一々色をかえながら描いてくれる。「じゃこんどは牛魔王」「牛魔王か?」父は紫のクレヨンを手にしてしばらくためらっていたが、「だめだ、牛は難かしくて描けないよ」と言った。「お祖父さんに描いて貰えよ、お祖父さんがいい」「何、牛魔王かい?」と祖父はクレヨンを受取ると、それでもどうやら牛の頭らしいものを描き上げた。

「どら」とのぞき込んで父は首を傾ける。「なるほどね。——しかしどうも変だ」「おかしいかえ」「ええ、なんだかねえ」「どれ」と祖父ものぞき込む。「おかしかないやね。これ位描ければいい方だ」「そうですかね」——途端に、父は噴き出す。「ああ、そうだ！　耳がないじゃありませんか、この牛は！　どうも何かが足りないと思った！」

隣の茶の間で、祖母や大伯母や母が笑い出す。

「もうろくしましたね、お祖父さん」と大伯母が冷やかす。

「なに、一寸忘れたんだあね。角に気を取られたからね」そんな言訳をしながら、笑いの止らなくなった父と僕といっしょに祖父も照れ臭そうに笑っていた……

——『決められた以外のせりふ』

姪——芥川瑠璃子のことば

「田端の家」の記憶

「芥川に赤ちゃんが生れたから、連れてってやろう」そう言われて、私は珍らしく父に連れられて、田端の家へ行ったことがある。幼い頃の「田端の家」はその頃からの記憶につながっているようだ。

父と芥川を訪れると、八畳の座敷に、叔母文と、白い産衣を着た赤ん坊が横に並んで眠っていた。私が幼稚園へあがる前のことだから、あの赤ん坊は多分比呂志だったのではないだろうか。それとも比呂志と二歳違いの弟の多加志だったのか、記憶は定かではないが、その時出してくれた木鉢の中に、栗の形をしたお菓子が這入っていて喰べたのを、いやにはっきり覚えている。

——『双影　芥川龍之介と夫比呂志』

律儀な龍之介

普断は母（龍之介の姉ヒサ）に連れられて芥川の家に遊びに行っても、叔父は大抵仕事中か来客中か、滅多に母と世間話をしていたなどという記憶はない。作家として多忙を極めていた頃にあたっていたせいかも知れない。それとも私たち子供が別間で遊んでいた時間、沢山ある部屋のどこかで、大人同士の話をしていたのだろうか。

龍之介は在宅している限り、姉ヒサの声が玄関ですると、一種独特の急ぎ足で二階から駈け降りてくる。そして、茶の間の手前の小部屋に這入ってくるなり、畳に両手をついて「いらっしゃい」と丁寧なお辞儀をする。特徴のある長髪をばさばさと垂らして、額を畳にすり付けんばかりにする挨拶の仕方は、何か大きな黒い鳥が翼を拡げたすがたに似ていた。ヒサは「龍ちゃん、私が来たからって一々おりて来なくってもいいのに。仕事中なんでしょ」と言うが、ヒサが芥川を訪れ、龍之介が在宅している限り、その挨拶は欠かすことなくつづけられた。

——前述

魔法の赤インキ

あの日は初夏の頃だったように思う。私は白い絹の夏服を着ていた。（略）

その日、叔父はめずらしく在宅していて、いつものように一種独特の急ぎ足で二階から降りてきた。祖母たちや叔母、母と雑談していたが、その顔にはいつもと違う晴れやかさがあり、何となく上機嫌だった。いとこの比呂志はいなかった。多分祖父と何処かへ出かけてでもいたのだろうか。叔父は喋りながら、しきりに着物の袂の中をさぐっていたが、やがて赤い小さな小瓶を取り出した。「これ、知ってるかい？」私に尋ねる。黙って首を横に振ると、叔父はにやにや笑いながら、ゆっくりと小瓶の蓋を外す、と思った瞬間、間髪を入れず瓶の赤い液体を、私めがけて振りかけた。かしこまって坐っている私の膝のあたり、純白の洋服に、みるみる赤い飛沫がとび散る。一張羅の大事な服が台無しだ……咄嗟のできごとにびっくりして私は大声で泣いてしまった。七歳位の子供にとって、叔父の唐突なやりくちは到底理解できなかったのである。「あなた、男の子と女の子は違うのよ」叔母が傍から取りなすように言ってくれるのだが、その目はおかしくてたまらないというように笑っている。（芥川の子供は男ばかりの三人兄弟）「龍ちゃん、るり子はまだハイカラなびっくり玩具知らないのよ」母も側で言う。「この間横浜の外国の店でみつけてきたらしいのよ。何も今試さなくたって……」叔母もつづける。周囲の大人たちは勝手に喋りながら、何だか皆面白そうに笑っている。子供は心のなかで叫んでいる。「意地悪！　ここにいるのはいつもの優しい叔父さんなんかじゃない！　大事な服を汚すなんて！　大人なんてみんな大嫌い！」「ごめん、ごめん」叔父は執拗にいつまでも泣きじゃくる女の子に辟易したのか「これはね、魔法の赤インキといってね、心配しなくっても時間が経つと消えてしまうんだよ、だから泣くのはもうおよし」と言っても、私はまだ拗ねていた。叔父の言っていることには少し納得できたが、赤インキの消えるまでは安心できない。暫くしてから叔父は「仕事があるから」と二階の書斎へ戻っていった。

――『影燈籠　芥川家の人々』

其の五

関東大震災

それぞれの証言

鎌倉の旅館・平野屋で／大正十二年八月
（日本近代文学館提供）

大正十二年一月一日
菊池寛が『文藝春秋』創刊、巻頭に「侏儒の言葉」を連載

大正十二年春
体調が優れず、度々湯河原温泉などで静養するようになる

大正十二年九月一日
関東大震災発生

大正十二年十月
複数の雑誌に大震についての随筆を発表

芸術は生活の過剰ださうである。成程さうも思はれぬことはない。しかし人間を人間たらしめるものは常に生活の過剰である。僕等は人間たる尊厳の為に生活の過剰を作らなければならぬ。更に又巧みにその過剰を大いなる花束に仕上げねばならぬ。生活に過剰をあらしめるとは生活を豊富にすることである。

——「大震雑記」

編者より

大正十二年八月、鎌倉に滞在していた龍之介は、藤、山吹、菖蒲などの花々が季節外れに咲き誇っているのを見て、「天変地異が起りさうだ」と予言しています。

東京に戻ってまもなく、九月一日午前十一時五十八分、関東地方に大きな地震が起こりました。幸いにも、芥川家のある田端は被害が少なく、龍之介も家におり、家族も皆無事でした。

しかし、上野や浅草へと足を運ぶにつれ、廃都と化した東京の姿を目の当たりにしていきます。「焼死した死骸を沢山見た」とも書いています。そんな時丸の内の焼け跡で、皇居の馬場先濠の水から頭を出し、無心に歌う少年と出会いました。惨状と化した景色の中で、思いもよらないその歌声は、「いつか僕を捉へてゐた否定の精神を打ち破つた」といいます。そしてこの体験は、龍之介にとって当時「生活の過剰」とされた「芸術」の意義に向き合うきっかけともなったのです。

芥川龍之介のことば

九月一日

午ごろ茶の間にパンと牛乳を喫し了り、将に茶を飲まんとすれば、忽ち大震の来るあり。母と共に屋外に出づ。妻は二階に眠れる多加志を救ひに去り、伯母は又梯子段のもとに立ちつつ、妻と多加志とを呼んでやまず。既にして妻と伯母と多加志を抱いて屋外に出づれば、更に又父と比呂志とのあらざるを知る。婢しづを、再び屋内に入り、倉皇比呂志を抱いて出づ。父亦庭を回つて出づ。この間家大いに動き、歩行甚だ自由ならず。屋瓦の乱墜するもの十余。大震漸く静まれば、風あり、面を吹いて過ぐ。土臭殆んど噎(むせ)ばんと欲す。父と屋の内外を見れば、被害は屋瓦の墜ちたると石燈籠の倒れたるとのみ。

――「大震日録」

子をはずしてまとめてあったのが落ちて来て階段をふさぎます。

気ばかりあせってくるし、子供をまず安全な所へ連れ出さねばと、一生懸命でやっと外へ逃れ出ました。

部屋で長男を抱えて椅子にかけていた舅は、私と同じように長男をだいて外へ逃れ出て来ました。私はその時主人に、

「赤ん坊が寝ているのを知っていて、自分ばかり先に逃げるとは、どんな考えですか」

とひどく怒りました。

するど主人は、

「人間最後になると自分のことしか考えないものだ」

と、ひっそりと言いました。

──『追想　芥川龍之介』

長男—芥川比呂志のことば

最初の記憶

僕の記憶は大正十二年の大震災からはじまる。

九月一日の晝、父は膳の前に片膝を立てて坐りながら、パンにバタを塗つてはムシヤムシヤ喰べて居た。それはまだ大震の來る前であつた。が、父はもうそれを知つてでも居るかの樣に氣忙(きぜわ)しい喰べ方をして居た。

茶の間を出た僕が祖父と緣側の籐椅子に凭り、話をしたり、繪本を見たり、——暫く經つと、あの大震が來た。

祖父も僕も柱につかまつたきり、動けず、困り果てて居ると、臺所の長廊下傳ひに、靜と云ふ女中が走つて來て「おぼつちやま！」と叫びながら僕を脊負ひ込み、——その儘庭へ出ればいいものを——、又長い廊下を引返し、臺所から外へ出た。

脊負はれて玄關の前へ行くと、祖父の方が先に逃げ出して居り、家中皆無事で、不安な顔を並べて居た。

父は兩手を腰に据ゑて、飛石の上に仁王立になつたまま、次から次へと落ちて來る瓦を、まだ落ちるのかと云ふ樣な目付でにらんで居た。

餘震が來て靜まつた後、祖父と一緒に家のまはりを見終つた父は、珍らしいものを見て來た後の樣な調子で、「瓦は十許り落ちましたね。」と云つた。僕はスッカリ安心してしまひ祖母の顔のまだ蒼いのを可笑しく思つた。

——「父の追憶」

姪ー芥川瑠璃子のことば

田端の家に

芥川の家には震災直後の混乱期、私共家族の他、龍之介の実家（震災で焼失）新原の叔父夫妻が短期間同居していたし、小島政二郎ご夫妻もいらしていたときく。叔父龍之介も夜警に駆り出されたとか、大八車を曳いて家族のために野菜あつめに歩いたとかきいたが、幼かった私には記憶がない。ただ焼け残った芥川の家の前を、家を焼失した人達が通るとき「こんな家、焼けてしまえ！」と罵声を浴びせたのを覚えている。

――『影燈籠 芥川家の人々』

其の六

不穏

〝多事、多難、多憂〟

増築した書斎の縁側で／大正十五年
（日本近代文学館提供）

大正十四年四月一日
『現代小説全集　第一巻（芥川龍之介集）』刊行、巻末の自作年譜にて養子の事実を明かす

大正十四年十一月八日
編集した『近代日本文芸読本』（全五集）刊行、のちに無断収録や印税分配の問題に巻き込まれる

大正十五年十月一日
「点鬼簿」発表、冒頭で「僕の母は狂人だった」と記す

昭和二年一月四日
義兄西川豊宅火災、西川に放火の嫌疑がかかる

昭和二年一月六日
西川豊鉄道自殺、西川の高利の借金と生命保険や火災保険などの問題に煩わされる

数日前の小生の家族の健康如左

主人　神経衰弱、胃痙攣、腸カタル、ピリン疹、心悸昂進、

妻　　産後、脚気の気味あり

長男　虫歯（歯齦に膿たまる）

次男　赤ン坊ナリ　消化不良

父　　胆石、胃痙攣

母　　足頸の粘液とかが腫れ入り、切開す

これでは小説どころではないでせう

――大正十一年十二月十七日　真野友二郎宛書簡

栞

編者より

大正十年三月、大阪毎日新聞社の海外視察員として中国に渡った龍之介ですが、出発前から患っていた感冒が治らず、上海で乾性肋膜炎を併発して入院するなど、体調不良の日々が続きました。社命の紀行文も捗らず、帰国後も神経衰弱、不眠症に悩まされながら、「澄江堂（ちょうこうどう）」と改めた書斎の中で執筆を続けます。

追い打ちをかけるかの如く、自ら編集した『近代日本文芸読本』（興文社）の出版をめぐり、作品の無断収録や印税の分配に対する批判を浴びることになりました。

静養のため、湯河原や修善寺、鵠沼などを転々とする日々が続く中、昭和二年一月四日、義兄・西川豊宅が火災に見舞われ、その二日後に放火の嫌疑をかけられた西川が、千葉県山武（さんぶ）郡土気（とけ）トンネル付近で列車への飛び込み自殺を図るという衝撃的な出来事が起こります。龍之介は西川が残した高利の借金と火災保険や生命保険などの問題に煩わされ、心身共にますます追い詰められていくのです。

芥川龍之介のことば

衰弱の日々

御見舞ありがたく存〻〔候〕まだ喉いたくねてゐる次第、かう言ふ時には空谷先生〔主治医・下島勲〕ばかりたのみ也　講演も出来ずタツチヤンコ〔堀辰雄〕に気の毒なれど致し方なし　頂戴の籠の中を覗けば大いなる魚歯を食ひしばり、円い眼を見開いてゐる　可笑しくもあはれなり　僕の床の中にねてゐる容子も大体ああ言ふ恰好と御想像下され度〻〔候〕

──大正十四年一月二十一日　室生犀星宛書簡

僕は胃を患ひ、腸を患ひ、神経衰弱を患ひ、悪い所だらけで暮らしてゐる。生きて面白い世の中とも思はないが、死んで面白い世の中とも思はない。僕も生きられるだけ生きる。君も一日も長く生きろ。

──大正十四年二月二十一日　清水昌彦宛書簡

多事、多難、多憂、蛇のやうに冬眠したい。

――大正十五年九月十六日　佐佐木茂索宛書簡

姉・ヒサの家族

唯今姉の家の後始末の為、多用で弱つてゐる。しかも何か書かねばならず。頭の中はコントンとしてゐる。火災保険、生命保険、高利の金などの問題がからまるものだからやり切れない。神経衰弱癒るの時なし。（略）姉の夫の死んだ訣は殆どストリントベルグ〔スウェーデンの小説家〕的だ。

――昭和二年一月三十日　佐佐木茂索宛書簡

半透明の歯車

小生などは碌々三十年、一爪痕も残せるや否や覚束なく、みづから「くたばつてしまへ」と申すこと度たびに有之候。御憐憫下され度候。この頃又半透明なる歯車あまた右の目の視野に廻転する事あり、或は尊台の病院の中に半生を了ることと相成るべき乎。

――昭和二年三月二十八日　斎藤茂吉宛書簡

妻―芥川文のことば

「西洋皿三枚の生活」

亡くなつたのは昭和二年ですが、その前々年くらゐから健康がおとろへ、夜、薬を飲まないと眠れないやうになりました。枕許にいつも薬をおいて飲んでをりました。胃も惡く、おまけに痔まで惡くなりました。部屋に坐つてゐると四方から壁がせまつて來るといふやうに感じるといふのです。作品の出來ぬことにもいらいらし、そこで簡素な生活をしたい、それを芥川は「西洋皿三枚の生活」といつてをりましたが、そのために、長男と次男は年寄に預けて、私と赤ん坊の也寸志を連れて鵠沼へ參りました。はじめは東屋（あづまや）にゐましたが、その後東屋のわきの蓮池のある三間（みま）の家に住みました。そこにゐても、やはり部屋の四隅が自分の方へせまつてくる重苦しい感じがあると度々いひました。或る夕方私が外から歸つてまゐりますと、家に明りもついてをりませんでしたが、いきなりバッと芥川が私に飛びついて抱きつき、「はあ！よかつたよかつた」といつておろおろいたしました。

それはやはり何かに襲はれるやうな不安な氣持の最中に、丁度私が歸つて來たといふのでした。

――「二十三年ののちに」

新婚時代の回顧

或日突然に、鎌倉の前に住んでいた家へ、どうしても行ってみたいと言ってききません。もう午後三時頃になっていました。

大正七年二月に結婚して、三月から一年間はじめて住んだ家で、鎌倉大町にある離れを借りておりました。（略）

主人は亡くなる年の前に何となく急に、「鎌倉を引きあげたのは一生の誤りであった」と言ったりしました。

鎌倉の家へ行きたいという主人の願いで、私達は自動車を呼んで出かけました。

車をおりて浜の方から歩いて行くと、見覚えのある窓が見えて来ました。

主人は「あったあった」と小躍りして喜びました。或いはもう改築でもしたのではないかと思ったのでしょう。

表門から廻って、その離れへ行きました。大工さんが入っていたのですが、濡縁でしばらく大工さんと話をして、なつかしそうでしたが、車が待たしてあったので、名残り惜しそうにして帰りました。

——『追想　芥川龍之介』

「歯車」に書かれた実話

大正十五年の初秋の或日、私は部屋にいましたが、妙に悪い予感がして、主人が死ぬような気がして淋しくてたまらず、思わず二階へかけ上りました。

主人は机に向って、やせ細って坐っておりました。私は安心してまた階段を降りて来ましたら、すぐ手を鳴らして二階から主人が私を呼びます。私はためらいながら、また階段を上って書斎にゆきましたら、主人は、

「何だ?・」と言います。

私は、

「いいえ、お父さんが死んでしまうような予感がして、淋しくて、恐ろしくてたまらず来て見たのです。」

と言ったら、主人は黙ってしまいました。

――前述

襷がけの妻

亡くなる前の年のことですが、私は相變らず襷がけで洗濯などしてをりました。私が家庭のことばかりに沒頭してゐるといふことを、芥川はかねがね氣にして同情してゐましたから、なるべくさういふ姿を見せぬやうにしてゐたのですが、その日夕方になつて、芥川が二階から、仕事に疲れたのでせう、おりて來ました。そして緣側にしやがんで、私に「お前は一日中襷をかけてゐるね。」といひました。みると芥川の目が光つてゐるやうに感ぜられました。そのあと「お前が可哀相だ」といひ出したので、私はそれを急いでまぎらせてしまひました。ともかく、結婚してから二人で外へ出るといふやうなことは殆どありませんでした。芥川は、他の友人たちが奥さんと出歩いたりするのを見て、僕はそんなことには超越してゐるといつてをりました。

――「二十三年ののちに」

寄り添う日々

或時は先手を打ち、或時はそれに同調し、主人から死の影を追いやることは、当時の私には、精一杯の、むしろ悲愴なたたかいのようなものでした。

私も主人と同じように病み、疲れ、何ものかに恐れていた毎日のようでした。

そんな時でも主人は、原稿の筆を休みませんでした。

幾度も休みながら、遅々とした運びでしたが、執筆をつづけておりました。

――『追想　芥川龍之介』

長男－芥川比呂志のことば

父の優しさ

或日、僕は洋館まがひの木造の幼稚園で、先生の彈く古風なマアチにつれてみんなと歌を唱ひながら廣い板の間をグルグル歩き廻つて居た。付添の女中たちが四五人、庭のベンチに日向ぼつこをして居る。その内に、ふと薄ら寒い廊下を仕切る硝子戸の向ふに人の氣配を感じて歩きながら振向いた。すると、肩をすぼめた父が微笑みながら此方（こちら）を見つめて居た。

この、硝子戸越しに僕の見た父は、「比呂志が小學校にはいれなくつても、餘り叱言（こごと）を云ふなよ」と、母に云つた父であつた。

――「父の追憶」

庭の木登り

或日、僕はその椎の木に登つて見ようと思ひ、荒い木の肌に甲蟲の樣にしがみつきながらヂリヂリ上へ這ひ始めた。軒のあたりで枝が三つ叉になつて居る。そこまで登れば後は屋根傳ひに二階の濡縁へ行けばいいのである。二三度失敗したが、それでもどうにかかうにか三つ叉になつて居る所まで辿りついた。すると「やつたな。」と云ふ聲がする。下を見ると、書齋の縁側に父が笑ひながら立つて居る。「どらどら、降りてごらん。お父さんもやつてみるから。」僕が思ひ切つて滑り降りると、父は自分の足元と三つに岐れた枝とを見比べ、呼吸をはかつて居たが、「よおつ！」と變な聲を立てて縁側から一番太い枝へ飛着いたまま、忽ち三つ叉に足を据ゑて立上つた――

「うまい！」と僕が手を叩くと、父は上から「お父さんの方が早いだらう。」と笑ひかけた。この木登りあそびは、後に改造社から撮りに來た活動寫眞の時にも役立つた。

――前述

小学校の同級生・建畠君と父・龍之介

初夏の或日、近くの建畠〔のちの彫刻家・建畠覚造〕と云ふ友達があそびに來た。あそんで居る内に、何の話からか建畠が「それぢや二階へ行かう。」と云ひ出した。僕は直ぐ賛成して二階へ連れて行き、建畠が六疊の座敷へはいらうとしたのを、「此方の方が廣い！」と八疊の襖を明けてしまつた。父の部屋である。——「あれなあに？」と建畠が變な顔をして訊いた。僕も少なからず面くらひ、慌てて返事をした。「あれ？—あれはお父さん。」父は、——部屋一杯に籠つた莨の煙の中で机に向ひ、何か書いて居た父は、不機嫌さうに建畠に會釋した。勿論、僕には目もくれなかつた。

——前述

父の書斎

父の書斎は、二階の八畳の間になっていたが、私はほとんど、そこへ行くことがなかった。暗い階段口から見あげると、障子を入れた丸窓が半分だけみえる。私に親しいのは、その半分の丸窓だけであった。ときどき、父の留守を見すまして、私は、誰にも気づかれないように、足音をたてないようにして階段をのぼり、こっそり書斎へしのび込んだ。書斎は、家中の他のどの部屋とも、ひどく違っていた。その部屋だけが、一種特別の秩序をもっていて、そこへはいると、自分までも、何だかふだんとは違ってくるような気がした。壁際に箪笥などが置いてあることはあっても、ほかの部屋はいつもあんなひろびろと片づいているのに、この部屋は、さまざまな物の集積が、部屋の中心を形づくっているのであった。青い絨毯（じゅうたん）を敷いた、明るい部屋の中央に、小さな紫檀の机と、長火鉢とが、鉤の手に置いてあり、後の二辺を、書き損いの原稿用紙や、炭取りや、つみ重ねた本や、来翰（らいかん）を入れた木の盆や籐の紙屑籠などが、雑然と描き出している。机の向うの、座蒲団のおいてある所が、自然にそこだけ窪んだようなかたちで残されていて、それは如何にも、父の出かけたあとという感じがした。壁際の本棚には、本がぎっしり並び、高い床の間の前のあたりには、壺や鉢が置いてある――。その部屋の、ごたごたした豊かな様子を、私はいつも目を瞠（みは）る思いで眺めた。煙草の匂いと本の匂いと、それからまだ何かの匂いの混り合った気持のいい匂いが、いつもしていた。そして、障子越しの陽をいっぱいに含んだ暖かくなっている絨毯の上を、その感触をたのしむために、わざと足を摺って歩いてみたりした。

――『決められた以外のせりふ』

姪―芥川瑠璃子のことば

龍之介の小言

叔父の嫌ったことは、自分の部屋を勝手に掃除されることだったらしい。ある日、叔父が外出中、叔母が部屋に行ってみたら、あまりの乱雑さに綺麗好きの叔母は我慢がならず、掃除してしまった。すると帰宅してから叔父の機嫌が悪くなり、小言を言われたという。

「書きほごし一枚でも大事なんだ。勝手に捨てるな」

丸めて捨ててあるので、叔母は不用のものと思って捨ててしまったらしい。

「とにかくお父さんは字引きでも人から来た手紙でも、ない、ないと大さわぎするの、そして一度そういうこと（叔母の失敗）があると、また、私がしたと思って大変なのよ。捜すとちゃんと出て来て、結局は自分のやったこととか思い違いなのよ」

叔母は失くしものが出てくると、わざと何にも言わず、そっと黙って机の隅とか叔父の目の前に差し出す。叔父は困る。「その時のお父さんの困った顔ったらないのよ」とわらっていた。叔母は口ごたえするような性格ではなかったし、喧嘩になりようがなかったに違いない。

——『双影　芥川龍之介と夫比呂志』

龍之介のおみやげ

叔父から偶々貰うおみやげは大抵本だった。ある時貰った雑誌は「少女の国」という、当時の流行挿絵画家高畠華宵の表紙のものだったが、その頃の私には少しばかり難しかった。芥川には女の子が一人もいなかったので、叔父にはその位の年頃の女の子の読む本など、よく判らなかったに違いない。ただ、叔父が軽井沢に行っていた頃、後で貰ったおみやげは、しゃれた黄色い玉のネックレスで、叔母から渡されたときはとても嬉しくて大事にしていた。その時比呂志たちが貰ったのは西洋将棋で、それこそ長い間保存されて比呂志の娘たちまで遊んだが、戦争中の疎開さわぎで、ネックレスともども失った。また、龍之介は中国旅行の際にも、家族の一人一人におみやげを買うのを忘れず、私の母はお魚の形をした翡翠の帯止め、文も同じような帯止めを貰っていた。細やかな心使いをわすれない人だったような気がする。

――前述

『近代日本文芸読本』の印税分配問題

大正十三年、龍之介は手狭になった母屋のこともあり、八畳の座敷（客間用）に続けて八畳と四畳半の書斎「澄江堂」を建て増しした。「近代日本文芸読本」の仕事を引き受けていて、相当労力を注いだらしいが、「芥川はその印税で書斎を建てた」という噂が流れた。当人は「読本」に収録された作家の数が多いため自分なりに配慮していたのに、逆の結果になり、相当神経を痛めたらしい。そのこと（書斎増築）を気にして、各作家にお配りもの
を持参して回り歩いたということである。龍之介の神経は人並み以上に鋭敏だったから、些細なことにも傷つきやすかったものと思われる。

――『青春のかたみ　芥川三兄弟』

義兄・西川豊宅の火事の真相

南佐久間町の家が四日目火事になった。といってもボヤ程度だったが、お正月早々のことでもあり、近所中大騒ぎになった。二階の、帰省していた書生部屋の戸棚が火元だった。大晦日の夜、父と私も手伝ってアルコールで家中の硝子戸を拭いたのだが、その残りの這入った小瓶が燃えた書生部屋の戸棚にしまってあって、焼け跡から出た小瓶のため父に嫌疑がかかり、警察の呼び出しをうけた。結局あとで漏電とわかったのだが、火災保険の加入もあったためか、悲観した父は自死したのだった。お正月六日目のことである。

平和な家庭も家族も、一家の大きな事件に捲き込まれ、間違った新聞報道――私の名前は鶴子となっていた――はじめて世間の目というものに曝されて、子供心に怯えることを経験した。

――『影燈籠 芥川家の人々』

最後のお別れ

春の頃だったのだろうか。その年の夏には逝っているのだから、あれは最後のお別れだったのかも知れない。その時も硯を出させ、沢山の絵を描いてくれた。「何を描いて欲しいの？」と聞くので、「花」とこたえると、薄手の和紙に百合だの菊だの花の絵を描いてくれた。その絵が済むと、私の横顔まで描いてくれた。その絵の横に「ホントウノルリコハ　モツトイイコ」と書き入れてくれた。

──『双影　芥川龍之介と夫比呂志』

其の七

死にゆく日々

〝彼を滅しに来る運命を待つ〟

庭先で息子たちと木登り／昭和二年春（こおりやま文学の森資料館提供）

昭和二年三月一日
「河童」発表

昭和二年四月一日
「文藝的な、余りに文藝的な」連載開始、谷崎潤一郎と文学論争を繰り広げる

昭和二年四月七日
平松ます子と心中未遂

昭和二年五月
東北や北海道に『現代日本文学全集』の宣伝講演旅行

昭和二年夏
雑司ヶ谷霊園にて夏目漱石の墓前に一人佇む

昭和二年七月二十四日未明
服毒により自ら命を絶つ

芥川龍之介！　芥川龍之介、お前の根をしつかりとおろせ。お前は風に吹かれてゐる葦だ。空模様はいつ何時変るかも知れない。唯しつかり踏んばつてゐろ。それはお前自身の為だ。同時に又お前の子供たちの為だ。うぬ惚れるな。同時に卑屈にもなるな。これからお前はやり直すのだ。

――「闇中問答」

昭和二年の春、龍之介は息子たちと共に庭の椎の木に登るという、子煩悩な姿を映像に残しています。一方で、妻・文の友人である平松ます子と、二度にわたって帝国ホテルでの心中を計画しました。いずれも文が駆けつけたことにより、未遂に終わっています。

また、『現代日本文学全集』（改造社）の宣伝の為、東北や北海道へと講演旅行に出かけていたのもこの頃のことです。決して万全ではない体調の中、「汽車にのる、しやべる、ねる、又汽車にのる」という龍之介の言葉通り、過酷とも言える講演のスケジュールをこなしていきました。

六月になると、執筆に集中するため、自宅近くに家を借りています。まさに最後の力を尽くし、七月二十四日、絶筆となったその瞬間まで、原稿に向き合い、作品を書き続けていました。

最後の力

彼は最後の力を尽し、彼の自叙伝を書いて見ようとした。が、それは彼自身には存外容易に出来なかつた。それは彼の自尊心や懐疑主義や利害の打算の未だに残つてゐる為だつた。彼はかう云ふ彼自身を軽蔑せずにはゐられなかつた。しかし又一面には「誰でも一皮剝いて見れば同じことだ」とも思はずにはゐられなかつた。「詩と真実と」〔ゲーテの自叙伝〕と云ふ本の名前は彼にはあらゆる自叙伝の名前のやうにも考へられ勝ちだつた。のみならず文芸上の作品に必しも誰も動かされないのは彼にははつきりわかつてゐた。彼の作品の訴へるものは彼に近い生涯を送つた彼に近い人々の外にある筈はない。――かう云ふ気も彼には働いてゐた。彼はその為に手短かに彼の「詩と真実と」を書いて見ることにした。

彼は「或阿呆の一生」を書き上げた後、偶然或古道具屋の店に剝製の白鳥のあるのを見つけた。それは頸を挙げて立つてゐたものの、黄ばんだ羽根さへ虫に食はれてゐた。彼は彼の一生を思ひ、涙や冷笑のこみ上げるのを感じた。彼の前にあるものは唯発狂か自殺かだけだつた。彼は日の暮の往来をたつた一人歩きながら、徐ろに彼を滅しに来る運命を待つことに決心した。

——「或阿呆の一生」四十九　剝製の白鳥

敗北

彼はペンを執る手も震へ出した。のみならず涎さへ流れ出した。彼の頭は〇・八のヴェロナアルを用ひて覚めた後の外は一度もはつきりしたことはなかつた。しかもはつきりしてゐるのはやつと半時間か一時間だつた。彼は唯薄暗い中にその日暮らしの生活をしてゐた。言はば刃（は）のこぼれてしまつた、細い剣（つるぎ）を杖にしながら。

——「或阿呆の一生」五十一　敗北

妻－芥川文のことば

ダブル・プラトニック・スウイサイド

忘れもしません。昭和二年四月七日のことですが、その日主人は二重廻しを着て家を出る時、私をみて、

「さようなら」と言いました。

いつもなら、冗談を言って、と見逃す言葉かも知れませんが、その日に限って私は妙にその主人の言葉が気になりだしたのです。

近くに下宿している小穴隆一さんの所へ、飛んで行きました。

すると小穴さんの所には、ます子さんが来て話をしています。

「オヤ」と思ったのですが、小穴さんに、主人の出がけの様子を話しましたら、何か起りそうだと思ったのか、

「帝国ホテルへ行こう」と言って、当時、十八歳だった甥の葛巻義敏と私と小穴さんと、三

人で帝国ホテルへ行きました。

この帝国ホテルは、ます子さんのお父さんの関係で一室を借りて、主人は仕事をしていました。その日ホテルへは、ます子さんが行くことになっていましたそうですが、ます子さんの代りに私達三人が部屋へ行ったので、主人は不思議に思ったようです。

甥は大変怒って、

「他の人にどんなに迷惑がかかるか、考えたことがあるか、そんなに死にたければ一人で死ねばいい」

と言って、さっさと帰ってしまいました。

小穴さんはホテルに泊りましたが、私は老人達がどんなに思っているかわかりませんし、私が泊ることなど考えられないことでした。

主人は、自分がスムーズに家へ帰れるよう、話をしておいてほしいし、明日また来てくれと言うのです。その主人の言葉を後に私はホテルを出ました。

一時頃なので車を呼んでもらって帰りましたが、おそいので近くの交番でも不思議がられたくらいでした。

翌四月八日は、長男の小学校の始業式でした。家人にはホテル行を知られたくないので、わざわざ大島の羽織を着たりして、ごく普通の恰好で家を出ました。

式を済ませてホテルへ行きました。ホテルの主人の所へは、ます子さんの知人柳原白蓮さんから電話がかかってきたそうです。

ます子さんとしばらく音信不通の間に、ます子さんは、そのきっかけは知りませんが、柳原白蓮さんと友人になっていて、帝国ホテルで薬をのむ話や、自分が決行しなかったことなどについて、ます子さんは白蓮さんに相談していたのだそうです。

私が翌日ホテルへつく前に、白蓮さんから主人に電話があり、星ケ岡茶寮で昼食をしながら、ます子さんと主人との話合いに、白蓮さんが取なし役になりたいからとのことだったそうです。

ホテルへ着く早々、主人はそんな理由だから私にも出席しないかと言うのです。

私は呆れてしまい、馬鹿々々しいから、さっさと帰ってしまいました。

主人が家へ帰って来た時、家人は何にも言わず、「龍ちゃん、帰ったの」と、ただそれだけですべてが済んでしまいました。

主人は、亡くなる少し前の五月に、一度薬をのみました。

私の友人の平松ます子さんと、帝国ホテルで、薬をのむ約束になっていましたとのことでした。

ます子さんは、主人と約束はしたものの、私に対してどうしても芥川と一緒に薬をのむことは出来ないと、何度か繰返し繰返しそう思い、そのことを手紙にして、私のところへ寄こしました。

私は手紙を読むと、急いで様子を見に帝国ホテルへ行きました。

主人はすでに薬をのんでしまっておりましたが、私の行ったのが早く、のんで間もなくでしたので、手当の効果もよく、従って覚醒も早くてすみました。

私はその時、はじめて劇しい怒りが湧いて来て、主人をはげしく叱りつけました。

主人はその時、珍しく涙をみせて私に謝りました。

五月　再び帝国ホテルへ

——『追想　芥川龍之介』

それは重苦しい嫌な私の怒りでした。

後にも、先にも、私が本当に怒ったのはその時だけだったようです。

──前述

七月二十四日

七月二十四日の明け方二時頃、主人は書斎から降りて来て、寝室の蚊帳の中へ入って来ました。私は、

「あなた、お薬は？」

と聞きますと、

「そうか」

と主人は答えて蚊帳を出て、普段と同じように、睡眠薬をのんで、また蚊帳の中へ入って来ました。

私はいつものようにまた眠ってしまいました。後で考えると、主人は書斎から降りて来る時には、もう薬をのんで来たのかも知れません。

主人は薬をのみ忘れることなどありませんから……。

私に、「薬は？」ときかれたので、普段を装って、また薬をのんだことになります。

私はその時のことがいつまでも心に残っておりました。

主人が亡くなりました時、私はとうとうその時が来たのだと、自分に言いきかせました。

私は、主人の安らぎさえある顔（私には本当にそう思えました）をみて、

「お父さん、よかったですね」

という言葉が出て来ました。

私の言葉を聞かれた方は、冷たい女だと思われたことでしょうが、私は、主人の生きてゆく苦しみが、こんな形でしか解決出来ないところまで来ていたのかも知れないと、思ったからです。

死に近い日々は、責苦の連続のようでした。今はどんなにかその苦痛が去り、安らかな思いであろうかと思いました。

亡くなりましてから、私はすぐ主人の床の中に手を入れてみました。

失禁しているかどうかと、心配だったからです。人様の前で主人が恥かしい思いをした

らいけないと思ったからです。
でもそれは心配だけで済みました。

──前述

長男ー芥川比呂志のことば

一か月前

六月二十四日〔昭和二年〕

おとうさん。
うちのおとうさんは本を見るときも、しんぶんを見るときもたばこをのみます。そしておくわしの中では一ばんチヨコレートがすきです。それからげんこうを書くときには二かいで書きます。それからばんのごはんはたいていおさしみです。そして兄弟の中では一ばんぼくがすきです。それでときどきいろいろのざつしにおとうさんの名が出ます。

（をはり）

――『綴り方集』（小学二年生）

前日

七月二十三日の晩、遠縁に當る中島さん兄弟が來た時、父は二階で何かしきりに書いて居る様であつたが（この日書いて居たのは「續西方の人」の最後の部分であつたさうである。）六時頃下へ降りて來て、「やあ、達ちやんも來てたのか。」と久し振りの達さん（兄さんの方）と長い事嬉しさうに話し込んで居た。――僕の最後の記憶である。

――「父の追憶」

七月二十四日

裏門が烈しく開いたと思うと、近くに住んでいる叔父が、中庭へ飛込んできた。飛石に躓いてよろけた拍子に松の木にぶつかり、雫が雨のようにふる。下駄を蹴るように脱ぎ、その気配にいそいで茶の間から立ってきた祖父をみると、叔父は、障子に瑠りついて堰の切れたように泣きだした。父の死の朝の最初の記憶である。

死の意味は私にはまだ分らなかった。私は大して悲しくなかった。

鵠沼から来た母方の祖母は、廊下でぱったり出遇った途端に、私を抱きすくめ、私の肩へ顔を押当てて、「比呂ちゃんのお父さんは、……死んでしまったんだよ」と言いながら、声を忍ぶようにして泣き出した。固いものが胸にこみあげ、私はわけもなく涙をうかべた。

「苦しい。離して」と私は言ったような気がする。縋ろうとする祖母の手を振切り、私は納戸のかげの暗がりにかくれて、涙を堪えようとした。ほんとうに父の死が悲しいのではなかった。大人の悲しみが、私にも移ったまでのことである。「お父さんはまだおやすみだから、おとなしくしているんですよ」と誰かに言われると、私はまたすっかりその気になって、「こんどはいつ鵠沼へ連れてってくれるのかなあ」などと人に話しかけたりした。

父は私の目の前に寝ていた。（それは二階の書斎ではなく、その後に建増しされた階下の、やはり八畳の書斎だった。新しい書斎は、二階の書斎よりもずっと暗かった）静かに目を閉じ、きちんと真直ぐに上を向いているのに、口を開いているのがおかしかった。私はそれを、まるで子供のようだと思ったりした。

それにしても、私はその時ほど間近に父の顔を見たことはないような気がした。いくらでも、私は見られるのであった。そうしてどんなに私がみつめても、そのために父には何も起らないのであった。かけてある着物の、胸のあたりに、突上げたように高くなっている所があって、私はそれを不審に思った。傍にいた人が、それは掌を組んでいるためだと教えてくれた。誰か、和服を着た大きな人が、すぐ床の脇に坐り、さっきから下を向いて泣いていた。その人は何度も指で涙を拭いた。そうして、胸のあたりの突上げたような不自然な形はやはり依然として変らないでいた。そのために私は、かえって、父の何かが変ったことを、父に何かが起ったことを、感じないわけにはゆかなかった。

――『決められた以外のせりふ』

劇的な死であったから、私と弟の多加志はたちまち新聞社のカメラマンに狙われた。竹垣を乗り越えて来る。弟は泣き出した。昭和二年、すでに、そんな風だったのである。新聞に出た写真には、「遺児」ということばが使ってあった。むろん読めたわけではない。大人から聞いて知るのである。

――『憶えきれないせりふ』

姪ー芥川瑠璃子のことば

七月二十四日

ヒサとともに私も伴われて、急遽田端の家へ駈けつけた。ヒサは内玄関の格子戸を開けるなり、沓脱ぎの石に膝をついて、わっと泣き崩れた。玄関には二人の祖母をはじめ、文の実家の塚本の母も既に来ていて、一斉に堰を切ったように泣きはじめた。私は呆然と立っていた。

ヒサは龍之介の自裁した同年一月に、自分の夫も同じように亡くしているので、前々から幾らかの予感はあったものの、弟まで半年あまりで喪ってしまったことに、動転していたことだろう。それでも皆にかかえられるようにして次の間に導かれたのだが、塚本の母は泣いている文を、娘を叱咤して言っていた。「こんなとき、あなたが一番しっかりしていなければいけないときに！泣くのはおよしなさい」そう言いながら自分もこらえきれずに泣いていていた。

皆の気分がすこし落つくと、ヒサはその前後の経緯などきいてから「あなたもお別れしていらっしゃい」と私を促し、私は叔父の遺体の安置されている書斎へ行った。その時比呂志は椽側に足を投げ出して、画用紙を拡げて、父のデス・マスクを描いていた。龍之介と親交のあった画家小穴隆一氏が龍之介のデス・マスクを描いていたのを側でみていて、それに倣ってのことかも知れない。

普断一緒に遊んでいた彼が、真面目な顔をして、一生懸命父の顔を描いている姿は印象的だった。当時八歳の彼にとって、前後の事情や突然の父の死というものが、よく理解できなかったに違いない。祖父道章は「龍公、龍公」と遺体に呼びかけながら、その唇に綿の水を含ませながら泣いていた。死んでしまった叔父は、唇を半開きにしたまま、いつものやさしさは失くなり、灰色になったその顔は、とおいものになってしまった。私は、大急ぎで、皆の集っている茶の間の方へ引き返した。

――『双影　芥川龍之介と夫比呂志』

女中――森梅子のことば

七月二十日

七月二十日に、大旦那様の妹様と少しいさかひをなさつた。その御隱居様が、文藝春秋に、ある文士が、神經衰弱だと書いてあると仰有つた。先生はいや書いてありませんと仰有つた。そして暫らく爭つてゐらつしやつたが、そこへ奥様がいらつしやつて、奥様も書いてありませんと仰有つた。爭ふよりも、見ればわかるからつて、文藝春秋を御覧になつた所が、出てゐなかつたさうだ。御隱居様は泣き出されたので、先生は一生懸命なだめてゐらつしやつた。

「ねー、お叔母さん、気を直して下さいね。僕が惡かつたのだから。ねー、お叔母さん。」と先生は優しく、柔しく、御隱居様のお氣をやはらげやうとなさつてゐらつしやつた様子だつたが、そのうち、お庭の方で變な大きな音がするので、出て見ると、先生は床の間に置いてあった花瓶を取って庭石に投げつけてゐらつしやつた。あとで朋輩に聞くと一度投げたが、土に落ちてこはれなかつたので、再び取り上げて、石に打ちつけたさうだ。そして、先生はそのまゝ二階へ上つてしまはれた。

七月二十二日

二十二日、一時ごろ來客、五時半ごろ歸つた。客が歸つたあと、下へ降りてきて、大へン吐かれた。随分お苦しみになつたやうだ。この日は九十六度一分〔華氏（＝摂氏約三十五度六分）〕の暑さであつたので、この暑さでは先生もさぞお辛いだらうと思つてゐた。（略）

そしてそれから一時間ばかり過ぎてまた客が來た。先生はご機嫌よく御むかへ遊ばされて、十二時ごろ客が歸るまでお話しなさつてゐた。

七月二十三日

二十三日には朝九時にお目ざめになつた。昨日のやうに大變ご機嫌である。口調もハキ〳〵元氣に仰有る。朝の御食事には半熟玉子四つ、牛乳二合召し上つた。（普通より多い）

晝の御食事のとき、二番目の坊チヤンが、チヤブ台を足でけつたので、先生は坊チヤンにおき〔ゆ〕うをすゑてゐらつしやつた。私はお止め申す譯にも行かず、默つてゐた。

一時ごろ、一人と、それから二時間ばかり過ぎてまた一人とお客がお出になつた。間もなくまた夕五時半ごろ、お客二人、三年ぶりだといふ方がいらつしやつて、下八疊の間で、三人でお食事を召し上つた。日本酒二、三本を出した。先生は二、三杯しか召し上らないやうだつた。そのときも、大變お元氣にお話し遊ばされてゐらつしやつた。客は十時半ごろお歸りになり、先生はそれから、二階の御書齋にお上りになつた。

私は十一時ごろ、床に入つたが、餘りの暑さに寝つかれずに、うと〳〵してゐると、ミシ〳〵梯子を音させながら、先生は降りていらつしやつた。

ご隠居様は、

「まだ起きてゐたんですか。」

「い〔え〕、煙草を取りに來ました。」と仰有つて、たんすの上に置いてある煙草をお取りになると、

「おばさんはこゝに寝るんですか。」

「い〔え〕、お爺さんがわずらつてから、ここに寝てゐるんですよ。」

「あ、さうですか、お寝(やす)みなさい。」

と仰有つて先生は二階へ上つてしまはれました。

私はその内深い眠りに入つてしまつた。

七月二十四日

七月二十四日の朝、私は台所に炊事をしてゐると、奥様が驚いたお顔をなさつて、奥からお出になり、玄關でご隱居様とヒソ〱話してゐらつしやつた。そのお話の中に、「もう駄目です」「早く」「醫者」といふやうな聲が私の耳に入つた。

私はドキツとしました。もしや。でも、私は信じられませんでした。その内、私は水を持つて先生の寢室へまゐりました。奥様は一生懸命、先生をお呼びしてゐられましたが先生はもう冷たくなつてゐられました。

奥様もご隱居様もみなさま、お泣き出しになりました。私も思はず聲を出して泣き出してしまつた。

あのお情ある先生が――私達に對しても決して威張りも、横へいもせず、ほんとに主人と思はれないやうな愛のある――先生が……私は早く醫師が來て蘇生して下さればよいと祈つてゐました。そして先生はきつとおなくなりにはならないのだ。きつと何かの拍子にかういふやうになつてゐらつしやるだらうと思つてゐた。

けれども、下島先生がお出になり、ご覧になつて、注射なぞをなさつていらつしやつてゐたが、

「もう、諦めなければなりません。」と首をうなだれて仰有つた先生の眼から涙が下りました。

芥川先生はと、恐る〳〵お顔を拜見すると、髪は長く、やせ形の面長のお顔には微笑さへ現はれてゐるのです。安々と眠つてゐらつしやるのです。

笑みをたゝへながら、永く永く眠つてゐらつしやる先生の傍には、奥様御隠居様お三人、お坊チヤマお三人にお徒弟の義敏さんと下島先生、みな首をうなだれてせき一つありません。

昨日まであれほど酷く照り付けてゐたのに、今朝は暗い雲が低くたれて、雨さへ降るやうな模様だつた。そよとの風もなく、お庭の草木も皆沈默して文豪をあの世とやらへ、送つてゐるやうに思はれた。

「さ、先生にお水を──」仰有られて我に歸つた私は、下島先生に手を洗ふ水を差上げた。七時ごろ、小穴様がお出になり、先生の死の御顔を寫生してゐらつしやつた。奥様が先生のお苦しみを發見なさつたのは六時で、息を引取つたのは六時半だと仰有つてゐらした。

それから少したつと、（七時半ごろ）新聞記者が來た。そして名刺を出して奥様にお目にかゝりたいといつた。私は奥様に申上げると、

「忙しいから、斷つて下さい。」と仰有るので、玄關に待つてゐる記者達にさういつた。けれども、圖々しくも、默つて上つて、客間に自分勝手に入つて坐り込んでしまつた。私は驚いてしまつた。そのとき三人ばかりであつたが、そのうち、來るは來るは、そしてその人達は皆斷つてもビクとも動きませんでした。

そして奥様も仕方なしに出て、色々仰有つてゐらつしやつた。酒屋の小僧さんの話では一ときなんかは、動坂（芥川家にはそこまでしか自動車は來ません）に七十台の新聞記者の自動車がたまつたさうだ。記者のうちには家の玄關や家を寫眞に取つてるもののも隨分あつた。

──「芥川氏の死の前後」

其の八

遺書

遺書

わが子等に

一　人生は死に至る戦ひなることを忘るべからず。

二　従つて汝等の力を恃むことを勿れ。汝等の力を養ふを旨とせよ。

三　小穴隆一を父と思へ。従つて小穴の教訓に従ふべし。

四　若しこの人生の戦ひに破れし時には汝等の父の如く自殺せよ。但し汝等の父の如く他に不幸を及ぼすを避けよ。

五　茫々たる天命は知り難しと雖も、努めて汝等の家族に恃まず、汝等の欲望を抛棄せよ。是反つて汝等をして後年汝等を平和ならしむる途なり。

六　汝等の母を憐憫せよ。然れどもその憐憫の為に汝等の意志を枉ぐべからず。是亦却つて汝等をして後年汝等の母を幸福ならしむべし。

七　汝等は皆汝等の父の如く神経質なるを免れざるべし。殊にその事実に注意せよ。
八　汝等の父は汝等を愛す。（若し汝等を愛せざらん乎、或は汝等を棄てて顧みざるべし。汝等を棄てて顧みざる能はば、生路も亦なきにしもあらず）

芥川龍之介

芥川文子あて

○

一、生かす工夫絶対に無用。
二、絶命後小穴君に知らすべし。絶命前には小穴君を苦しめ幷せて世間を騒がす惧れあり。
三、絶命すまで来客には「暑さあたり」と披露すべし。
四、下島先生と御相談の上、自殺とするも病殺とするも可。若し自殺と定まりし時は遺書（菊池宛）を菊池に与ふべし。然らざれば焼き棄てよ。他の遺書（文子宛）は如何に関らず披見し、出来るだけ遺志に従ふやうにせよ。

五、遺物には小穴君に蓬平の蘭を贈るべし。又義敏に松花硯（小硯）を贈るべし。
六、この遺書は直ちに焼棄せよ。

○

一　他に貸せしもの、——鶴田君にアラビア夜話十二巻あり。
二　他より借りしもの、——東洋文庫よりFormosa（台湾）一冊。勝峯晋風氏より「潮音」数冊。下島先生より印数顆、室生君より印二顆。（印は所持者に見て貰ふべし。）
三　沖本君に印譜を作りて貰ふべし。わが追善などに句集を加へて配るもよし。
四　石塔の字は必ず小穴君を煩はすべし。
五　あらゆる人々の赦さんことを請ひ、あらゆる人々を赦さんとするわが心中を忘るる勿れ。

其の九

その後

家族の記録

文と三兄弟／昭和五年七月（田端文士村記念館提供）

昭和二年
七月二十五日　家族や友人らによる通夜
七月二十六日　文壇関係者による通夜
七月二十七日　谷中斎場にて葬儀
七月二十八日　日暮里の火葬場にて火葬

昭和二年八月一日
「西方の人」発表

昭和二年九月一日
「続西方の人」「闇中問答」「十本の針」発表

昭和二年十月一日
「或阿呆の一生」「歯車」（一部六月）発表

昭和二十年四月十三日
城北大空襲により田端の芥川家が消失する
ビルマにて、二男・多加志戦死

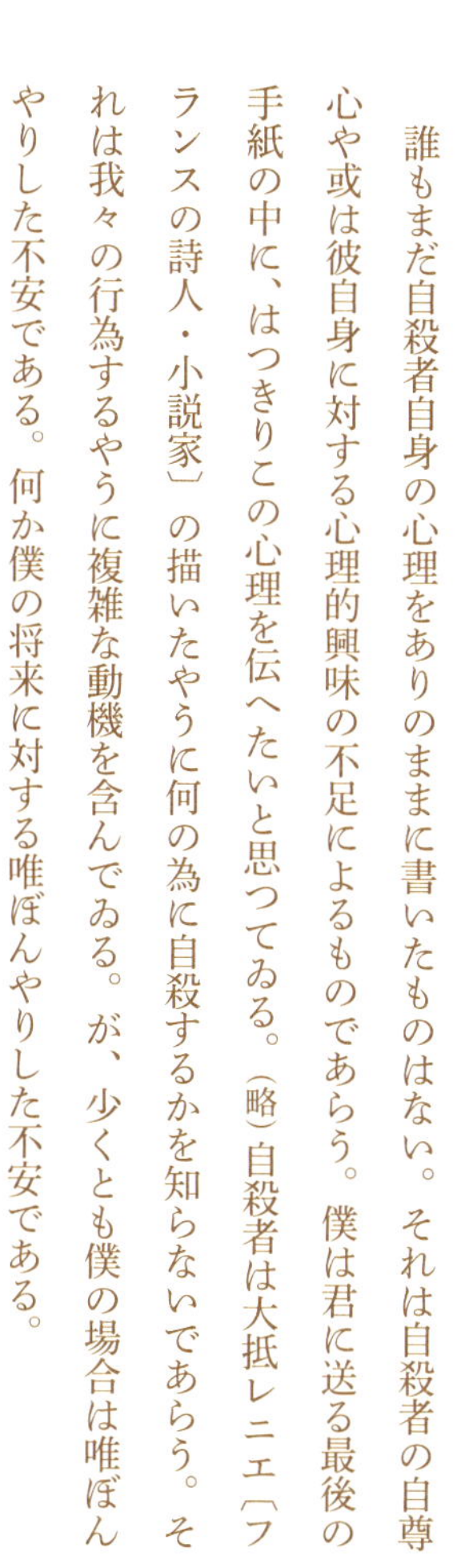

誰もまだ自殺者自身の心理をありのままに書いたものはない。それは自殺者の自尊心や或は彼自身に対する心理的興味の不足によるものであらう。僕は君に送る最後の手紙の中に、はつきりこの心理を伝へたいと思つてゐる。（略）自殺者は大抵レニエ（フランスの詩人・小説家）の描いたやうに何の為に自殺するかを知らないであらう。それは我々の行為するやうに複雑な動機を含んでゐる。が、少くとも僕の場合は唯ぼんやりした不安である。何か僕の将来に対する唯ぼんやりした不安である。

――「或旧友へ送る手記」

栞

編者より

芥川龍之介のお墓は豊島区の慈眼寺にあります。生前、「従来の墓石は、細長くて不安定で、台風でも来ると倒れそうなものが多いから、自分のはもっと低くして、どっしりしたもので、風などに吹き飛ばされないようにしたい」と巻紙にうすずみで書き残していたのが、書斎で愛用していた座布団の寸法でした。

わずか九年間の結婚生活の後、若くして未亡人となった文ですが、「凜（りん）とした気丈さ」でその後の芥川家の人々を支え続けました。晩年、龍之介の墓を訪れた文は、墓前に額（ぬか）ずき、香華を手向け、ひとりごとのように呟いていたといいます。

お父さん、私はこんなに年をとってしまったけれど、お父さんは若いときのまま……。
私が死んだら、こんなお婆さんの私を、あなたはそばに置いてくれるでしょうか。

葬儀の日

兄比呂志が八才、多加志六才、弟也寸志三才の七月、父は亡なった。皆さんの取計らひもあって、谷中齋場での葬儀には兄弟三人列席させる事になった。今から二十四年前のこと、それに年老いた祖父母の居る家庭なので、日頃子供達に和服を着せて居た日の方が多かった。葬儀の時は洋服がいいと伯母は、子達二人にお揃ひの服や靴等一通り調へて呉れた。(比呂志は高師附属の二年生だった。)　出棺に間も無いので着換へをさせようとした。が多加志は服を着るのを嫌がった。少し宥めれば大丈夫かと思ったところ、どうしても嫌だと云ひ堪へに堪へて居た多加志は到々大聲で泣き出してしまった。(兄弟中一番我慢強く兄弟喧嘩をした場合も最後まで泣かない、がいったん泣き出したらば手の付けようがなかった。)　洋服を着るのも嫌には違ひないが、谷中齋場に連れて行かれるのがそれ以上に嫌らしい――私は一寸考へたが、兄比呂志のみ列席させる事に決めた。

ラブレターと「へその緒」

主人とは生前、どちらが先に死んでも、お互いの手紙は、棺の中に入れるようにと約束をいたしておりましたので、私はその約束どおり、出棺の時、うさぎ屋の主人谷口喜作さんに頼んで、棺の中に、とり交したお互いの手紙と、主人の「へその緒」とを一緒に入れておきました。

——「多加志のこと」

「へその緒」は、折りたたまれた和紙の中に入っていて、その和紙もすっかり古びてしまい、それに書かれた名前も、薄ずみのせいか、筆のかすれと共に、字もろくに見分けられないくらいでした。

——『追想　芥川龍之介』

香典返しの『澄江堂句集　印譜附』

主人は亡くなる前年の、大正十五年の夏、鵠沼にいました私達の家へ、長崎から渡辺庫輔さんを呼びました。

主人は今まで作りましたたくさんの俳句を整理して、その中から七十七句を抜き出して、渡辺さんに清書をしてもらいました。

きっと思うところがあって、清書をしてもらっていたのだと思います。

主人が亡くなりましてから、この句集を印刷にしまして、それと日頃使用しておりました印のいくつかを捺したものとを、二冊にして、横十三・五センチ、縦二十七センチの和紙に収め、和綴にして、藍色木綿の表紙の三つ折の折たたみの中に収めて、『澄江堂句集　印譜附』としてお返し用に、それぞれお送りいたしました。

この句集は、昭和二年十二月二十日発行になっておりまして、編纂発行者の小峰八郎さんは、春陽堂の方で、いろいろと大変お骨折を頂きました。

――前述

「死の原因」

芥川は「少しも仕事が出來ない。書けないのでは生きてゐても仕方がない。」といつてをります。下島さんが「書けなくてもいいではないか。そのままの芥川龍之介でいいではないか。」といふのですが、承知しませんでした。

芥川が亡くなったあと、世間ではその死因について、いろいろの取沙汰をいたしました。なかには、「中國から梅毒をしよつて來た。」といひ、また「肺結核が重くなつた。」といひました。女の人があつて、そのことに死が關係あるやうにも取沙汰されました。梅毒云々などはあまりにも馬鹿げてをりますし、瘦せてはをりましたが結核にはかかつてをりませんでした。女の人については本人が書いてをりますが、「死の原因」などとは思ひません。それは私がよく存じてをります。むしろそんなことでも出來るやうならば、あんなやうにはならなかつただらうとさへ考へられます。

私たちの結婚生活は、わづか十年の短いものでしたが、その間私は、芥川を全く信頼してすごすことが出來ました。その信頼の念が、芥川の亡きのちの月日を生きる私の支へになつたのです。

――「二十三年ののちに」

長男―芥川比呂志のことば

月命日に……

お父さんのおはかまいり。

一月三十一日（昭和三年）

此の二十四日はお父さんのおはかまいりでした。學校へくる前にお母さんが『おはかまいりに行かない。行つた方がいいでせう。作文のたねになつて……。』とぼくに聞きました。それで僕も行つた方がいいと思つて『それぢやあいく。』と言ひました。さうするとお母さんが『家でまつて居るから早くかへつておいで。』とお母さんがいひました。それから學校へおほいそぎでかけてきました。なぜつていへばその日はとけいが八時二十分すぎだつたからです。それから學校へ來て見るとうちのとけいがすすんで居たせいか八時半に學校のとけいがなつていました。それからあんしんしてきやうしつへはいりました。それからべんきやうがおへて大いそぎでしん明町から家へかへりました。そしたら女中がとんできて

『お母さんは先に行きましたよ。』といつたのでランドセルだけおいてどん〳〵どうざかの方へかけていつたらお母さんとおばあさんとばあちゃん〔父・龍之介の養母・儔と伯母・フキ〕がまつていました。それから四人で朝日タクシーのじどう車へのつてじげん寺でおりました。それから花をお父さんのおはかの前においておがみました。

《つつ〔づ〕く》

二月十日〔昭和三年〕

〔つづき〕お父さんのおはかまいり

花をそこへおいておがんでからそこに力(りき)石さん〔女中か〕のはなのはつぱがをいてありました。それからお母さんのおともだちのます子さん〔平松ます子〕の花や色色なものがありました。そうしてまたお寺の御本ぞう〔ん〕のところへ來ておさいせんを上げました。それからぼくの長ぐつをおぢいさんにあらつてもらひました。なぜかといへば前のつづりかたのときにかいたやうに學校からかへつてきたら女中が女中『お母さんか〔が〕先に行つた』といつたのであわててかけた時にどろをたくさんくつつけたからです。それからくつをあらつてもらつてからまた自どう車の朝日タクシーがまつててゐるところへきてお母さん『神明町のしやこのところにある神明くわんのとろ〔こ〕ろよりすこし手前のところでとめてくれ』とちゆう文してそこでとめてもらつて自どう車をかへして「大坂ずし」とかいてある家にど〔と〕びこんでおすしをたべました。そしておすしをおみやげにしてかへりました。

これでぜんぶをはり。（をはり）

――『綴り方集』（小学二年生）

『芥川龍之介全集』（岩波書店）の題字

間もなく岩波書店から、父の全集が出ることになった。

題字を、私に書けという。

私はいやで、いやで、いやで堪らなかった。「漱石全集」「鷗外全集」「子規全集」などの背文字を、父の書斎で見なれている。みな大人の書いた筆の字で、りっぱである。とてもあんなことは出来ない。

しかも「芥川龍之介全集」と書くのだという。なぜだ。他のより三字も多いじゃないか。

しかし、結局私は書くことになった。何しろ、仕方がない。

ついでにもう一つ。ある日書いた「全」の字が、ひどく滲んだ。失敗した、と思って紙を丸めようとすると、装幀をなさる小穴(おあな)隆一さんに強く止められた。

「あ、そのまま。つづけて」

思いがけない、出来そこないの、滲んだ「全」の字の入った背文字は、採用された。本ではなく、箱のほうであったが。なぜこんな変なことをするのか。この件は子供心に長くのこった。

——『憶えきれないせりふ』

文の教育方針

母は父が亡くなったとき、姑たちに向かって〝三人のこどもたちは、自由放任主義で育てます〟と、宣言(せんげん)したといいます。それだけに私が母から叱られたという記憶は、ほんの一度くらいしかありません。

私たち兄弟に向かって、母がいつも口にしていたことといえば〝なにごとも、中途半端でやめてしまうのは一番いけない。お父さんはしっかりした仕事をなさった人なのだから、お前たちも、それをよく考えて生きなさい〟のひとこと……。同時に私たちこどもの希望もよく聞いてくれて、小さなころから音楽好きだった弟の也寸志にピアノを買い与えたのも、演劇に興味を持ちはじめた中学生のころの私に、シェークスピア全集を毎月とってくれたのも、こどもを自由に育ててあげようという母の方針によるものでした。

かといって、母はこどもを芸術家にしたいなどとは、かけらほども思ってはいなかったようです。むしろ、生前の父が〝芸術家ほど苦しい職業はない。この仕事は私だけでたくさんだ。こどもだけは芸術家にしたくない〟と、母に語っていたことから考えて、平凡な社会人になってくれさえすれば……と、願っていたのではないでしょうか。

――「パパちゃんと呼べるひと」

三男——芥川也寸志のことば

龍之介の記憶

私の父の龍之介は、私の二歳の誕生日から十二日目に死んでしまったので、全く記憶がない。私の父に関する最初の記憶は、書斎の床の間にずっと掛けてあった、恐ろしくこわい顔をした一枚の写真である。そのせいかもしれないが、未だにニコニコと笑った父の写真を見ると、まるでよその人のようで、親父という感じがまったく起きてこない。

——『ぷれりゅうど』

姪—芥川瑠璃子のことば

菊池寛の弔辞

何人かの友人代表の方々が弔辞を読みあげられたが、殊に菊池寛氏のすがたは忘れられない。読みすすむうち絶句され、声をあげて泣かれたのである。

芥川龍之介君よ
君が自ら擇み自ら決したる死について我等何をか云はんや　たゞ我等は君が死面に平和なる微光の漂へるを見て甚だ安心したり　友よ安らかに眠れ！　君が夫人賢なればよく遺児を養ふに堪ゆるべく我等亦微力を致して君が眠のいやが上に安らかならん事に努むべし　たゞ悲しきは君去りて我等が身辺とみに蕭條たるを如何せん

私は生れてはじめて、大人の男のひとの泣く姿をみたため、この印象も強烈だった。参列者も一斉に泣き出したり、すすりあげた声があちらこちらで起った。焼香の煙と沢山並んだ花輪とが、ぼんやり目のなかに霞んでいった。

――『双影 芥川龍之介と夫比呂志』

数日後

龍之介が亡くなったのちの或る日、塚本家の菩提寺である谷中の感応寺に呼び出された文は、母に意見されたという。「お前が芥川の家を出るという覚悟があるなら、三人の子供を置いて帰っておいで」と。夫の死、幼い子供、年寄り三人、甥までいて文の苦労は一通りではなかった。何かの折、文は母にその胸中を訴えていたのかも知れない。「私が子供三人手離して実家に帰れるわけがないでしょ。母が私に言うことは私に帰ってくるなということなのよ」

――『影燈籠 芥川家の人々』

文の決断

文は龍之介と死別したとき二十八歳の若さで、三人の子供が残され、年寄り三人に仕えたが、

「芥川の人たちに意地悪は一人もいませんでしたよ」

とも言っている。なかんずく、お祖父さん（道章）と気が合ったらしく、

「文ちゃんはまだ若いから再婚したらどうか」

とすすめられたが、その気がないことを告げると、

「ありがとう」

とお祖父さんが畳に手をついて涙を流したという。残された年寄り三人も、龍之介に先立たれ心弱くなり、その心情も察しられる。

──『青春のかたみ　芥川三兄弟』

芥川家　その後

「田端の家」には龍之介亡き後約十七年間遺族たちは住んでいた。太平洋戦争が烈しさを

増してきて、昭和十九年六月、一族は藤沢市鵠沼西海岸の文の実家塚本方に疎開した。疎開の際田端の家は鉄道官舎として貸している。

疎開するまでの間に、昭和三年六月、龍之介の養父道草〔章〕逝去、昭和十二年五月に芥川トモ（龍之介養母）、同年八月に芥川フキ（伯母）が相ついで亡くなった。道章、トモ共に八十一歳〔正しくは道章八十歳、トモ八十一歳〕、フキ八十二歳〔八十三歳〕であった。昭和十三年九月、文の母塚本スズ五十八歳、昭和十七年五月二十五日私の弟晃も二十五歳で亡くなった。昭和十八年五月比呂志の次女英子（ふさ）五歳、翌十九年芥川家に同居していた塚本八洲（文の弟）四十二歳と、芥川から出たお葬式の数は多かった。

昭和十二年末には、いとこ同士だった比呂志と私は既に結婚していたが、比呂志は慶應義塾大学仏文科を繰り上げ卒業になり、昭和十七年十月、東部第六部隊麻布三聯隊に入隊した。後、約三ヶ年間軍隊生活を送っている。次男多加志も暁星を卒業後、東京外国語学校（現在東京外語大）に通っていたが間もなく学徒動員と決まり、外地へ赴く。昭和二十年四月十三日、ビルマ、ヤメセン地区で戦死した。三男也寸志は上野の東京音楽学校（現在東京芸大）に通学中だったが、これも戸山学校陸軍軍楽隊に配属され、終戦を迎えている。

そして、奇しくも次男多加志が、ビルマで戦死した同日、「田端の家」はアメリカ空軍B29の編隊による東京大空襲によって跡かたもなく焼失した。少数の鵠沼へ疎開した人達を残して、田端の住人たちも家も消えた。

——『双影　芥川龍之介と夫比呂志』

資料

［年譜／書誌一覧］

芥川龍之介 年譜

・ゴシック書体は芥川龍之介自作の年譜(大正十四年発表)より(一部編集)。
・年齢は数え年、( )内は満年齢。
・↓以下は出来事から想起される作品。

明治二十五年(1892)……………1歳(0歳)

三月一日　東京市京橋区入船町八丁目一番地に生まる。新原敏三の長男なり。辰年辰月辰日辰刻の出生なるを以て龍之介と命名す。生後母の病の為、又母方に子無かりし為、当時本所区小泉町十五番地の芥川家に入る。養父道章は母の実兄なり。↓「捨児」「大導寺信輔の半生」「点鬼簿」「或阿呆の一生」

明治二十八年(1895)……………4歳(3歳)

春から秋にかけて、芥川家を改築。記憶の始まり。↓「追憶」

明治三十年(1897)……………6歳(5歳)

四月　江東尋常小学校附属幼稚園に入園。↓「追憶」

この頃、海軍将校になることを夢みる。

明治三十一年(1898)……………7歳(6歳)

四月　本所区元町江東尋常小学校に入学。成績善し。

入学直後、「いじめっ子」に遭遇。↓「追憶」

この頃、洋画家を志望する。

明治三十二年(1899)……………8歳(7歳)

この頃より英語と漢学とを学ぶ。英語は

ナショナル・リイダアより始め、漢学は日本外史より始む。↓「追憶」〔自作年譜では三十五年とも〕

明治三十四年（1901）……10歳（9歳）

この頃、初めての俳句「落葉焚いて葉守りの神を見し夜かな」を作る。↓「わが俳諧修業」

明治三十五年（1902）……11歳（10歳）

三月　同級生らと回覧雑誌『日の出界』創刊。

四月　江東尋常小学校高等科一年に進学。

十一月二十八日　実母失ふ。

明治三十七年（1904）……13歳（12歳）

八月三十日　新原家から除籍。芥川道章と養子縁組し、芥川家の養嗣子となる。

明治三十八年（1905）……14歳（13歳）

三月　江東尋常小学校高等科三年を修了。

四月　東京府立第三中学校に入学。上級に後藤末雄、久保田万太郎あり。文芸の書を多読す。成績善し。

明治三十九年（1906）……15歳（14歳）

四月三十日　回覧雑誌『流星』編集人となる。

五月七日　「流星叢書」として、「枯泉狂生」の署名で『絶島之怪事』発行。

明治四十年（1907）……16歳（15歳）

この年、塚本文と出会う。

明治四十二年（1909）……18歳（17歳）

八月八日～　級友らと共に槍ヶ岳登山。↓「槍ヶ岳に登った記」「槍ヶ岳紀行」「河童」

十月二十六～二十八日　日光へ修学旅行。↓「日光小品」「父」

この頃、歴史家を志望する。

明治四十三年（1910）……………… 19歳（18歳）

二月　編集委員を務めた府立三中の『学友会雑誌』第十五号刊行、「義仲論」掲載。

三月　府立第三中学校を卒業。

九月　無試験にて第一高等学校一部乙類（英文科）に入学。同級に久米正雄、菊池寛、山本有三、松岡譲、成瀬正一、土屋文明あり。一級上に豊島与志雄、山宮允あり。特に作家たらむ希望なし。

秋～翌年2月　新宿二丁目七十一番地に移転。

大正二年（1913）……………… 22歳（21歳）

七月一日　第一高等学校を卒業。

九月　東京帝国大学文科大学英吉利文学科に入学。
→「僕の大学生活」「早春」「その頃の赤門生活」

大正三年（1914）……………… 23歳（22歳）

二月　久米、菊池、松岡、成瀬、山本、土屋、豊島、山宮等と共に第三次『新思潮』を発刊す。同誌上に処女作の短篇「老年」を発表す。其他アナトオル・フランスの「バルタザアル」、イエエツの「春の心臓」等の翻訳をも発表す。

五月頃　吉田弥生への恋心が芽生え始める。

七月頃　森鷗外の観潮楼に訪ねる。→「森先生」

九月　第三次『新思潮』廃刊。

十月末　田端四百三十五番地に移転。

大正四年（1915）……………… 24歳（23歳）

一月頃　吉田弥生との恋が家族の反対を受けて終わる。

四月一日　短篇「ひよつとこ」を『帝国文学』に発表す。

十一月一日　「羅生門」を『帝国文学』に発表す。

世評未だ一言をも加へず。

十一月十八日　久米と共に夏目漱石の門に入る。林原耕三の紹介に拠る。→「漱石山房の秋」「漱石山房の冬」「漱石先生の話」「夏目先生」

大正五年（1916）……25歳（24歳）

二月十五日　久米、菊池、松岡、成瀬と第四次『新思潮』を発刊す。短篇「鼻」を同誌創刊号に発表す。夏目漱石の賞讃を蒙る。→「漱石先生のお褒めの手紙」

五月　爾来一箇年余同誌上に毎月短篇を発表す。雑誌『希望』に「虱（しらみ）」を発表す。原稿料を得たる始なり。一枚金三十銭と記憶す。

七月十日　東京帝国大学文科大学英吉利文学科を卒業。卒業論文は「ウイルヤム・モリス研究」なり。

八月十七日〜九月二日　久米正雄と共に千葉県一宮に滞在。→「海のほとり」「微笑」「夏目先生と滝田さん」

九月　当時『新小説』主幹鈴木三重吉の好意に拠り、短篇「芋粥」を同誌上に発表す。

十月　短篇「手巾（はんけち）」を『中央公論』に発表す。

十二月一日　海軍機関学校嘱托となり、英語を教授す。第一高等学校教授畔柳芥舟（くろやなぎかいしゅう）の紹介に拠る。

十二月九日　夏目漱石の訃に接す。→「葬儀記」

爾来概ね鎌倉に住す。

十二月十八日　塚本文との婚約が成立。

大正六年（1917）……26歳（25歳）

五月二十三日　短篇集『羅生門』を上梓す。

九月十四日　横須賀市汐入五百八十番地尾鷲梅吉方二階に転居。

大正七年（1918）……27歳（26歳）

一月十三日　日夏耿之介の処女詩集『転身の頌』

出版記念会にて、初めて室生犀星を知る。

二月二日　塚本文と結婚す。↓「或阿呆の一生」

大正八年（1919）……28歳（27歳）

一月十五日　短篇集『傀儡師』を上梓す。

三月十六日　父敏三をスペイン風邪にて失ふ。

三月三十一日　海軍機関学校嘱托を辞し、大阪毎日新聞社に入る。↓「入社の辞」

四月二十八日　再び田端に住す。↓「東京田端」

この頃より書斎に扁額「我鬼窟」を掲げる。

五月四日～十八日　菊池寛と共に長崎旅行。

十一月二十三日　滝井孝作に伴われ、小穴隆一が初来訪。

大正九年（1920）……29歳（28歳）

一月　短篇集『影燈籠』を上梓す。

この頃、「秋」の執筆にあたり、文より友人の平松ます子を紹介される。

三月二十四日　隣家である香取秀真宅の火事の第一発見者となり、芥川家一家総出で裸足になって水を運ぶ。

四月十日　長男比呂志生まる。〔三月三十日生まれとして入籍〕↓「或阿呆の一生」

大正十年（1921）……30歳（29歳）

三月十四日　短篇集『夜来の花』を上梓す。小穴隆一の装幀なり。爾後の短篇集概ね隆一の装幀に係る。啻に親交に拠るのみならず、芸術上隆一に服すればなり。

三月十九日～七月二十日頃　支那に遊び、上海より江南一帯に遊び、漢口を経て洛陽龍門を観、北京より更に大同に至る。朝鮮を経て帰れるは七月なり。その後、体調不良が続く。↓「新芸術家の眼に映じた支那の印象」「上海游記」「母」「江南游記」「長江游記」「澄江堂雑記」「北京日記抄」「病牀雑記」「雑信一束」

「湖南の扇」

十月一日〜二十五日頃　南部修太郎と共に、湯河原温泉にて静養。

大正十一年（1922）……31歳（30歳）

二月上旬　芥川家に泥棒が入る。外套二着・マント一着・コート一着・帽子三つなど盗まれる。

三月末　書斎を「我鬼窟」から「澄江堂」に改める。

四月二十五日〜五月下旬　京都・長崎へ旅行。↓「長崎」「長崎小品」「長崎日録」

五月二十日　随筆集『点心』を上梓す。

八月十三日　選集『沙羅の花』を上梓す。

十一月八日　次男多加志生まる。

十一月十三日　中篇『邪宗門』を上梓す。

大正十二年（1923）……32歳（31歳）

一月一日　菊池寛が『文藝春秋』を創刊、爾来巻頭に「侏儒の言葉」を連載。

五月十八日　短篇集『春服』を上梓す。

九月一日　大震に遇へども、一家無事なるを得たり。↓「大震雑記」「大震日録」「大震に際せる感想」「古書の消失を惜しむ」「鸚鵡」「廃都東京」「東京人」「妄問妄答」「震災の文芸に与ふる影響」「澄江堂雑詠」「ピアノ」「或阿呆の一生」

十二月十六日〜三十日　京都・大阪方面へ旅行。志賀直哉、直木三十五らと面会。

大正十三年（1924）……33歳（32歳）

五月十四日〜二十五日　金沢・京都へ旅行。金沢では室生犀星の世話になる。

七月九日　午前三時頃、強盗が便所から侵入し、短刀を突きつけられ、二十円を盗まれる。

七月十八日　短篇集『黄雀風』を上梓す。

七月二十二日〜八月二十三日　軽井沢・つるや旅館に滞在。片山広子や室生犀星、堀辰雄らと交遊。→「軽井沢日記」「越びと」「軽井沢で」「軽井沢の一日（仮）」「或阿呆の一生」

九月十七日　随筆集『百艸（ひゃくそう）』を上梓す。

十月六日　七月の強盗犯逮捕、翌日新聞報道。

十一月上旬〜十二月末　田端の家離れに書斎増築。

大正十四年（1925）……………34歳（33歳）

四月一日　『現代小説全集　第一巻（芥川龍之介集）』を上梓す。巻末の自作年譜にて初めて養子の事実を明かす。

四月十日〜五月六日　修善寺温泉にて療養。その後鎌倉小町園滞在。→「温泉だより」

六月上旬　萩原朔太郎の「郷土望景詩」に感動し、寝間着姿のまま田端の萩原宅へ駆けつける。

七月十二日　三男也寸志生まる。

十一月三日　紀行文『支那游記』を上梓す。

十一月八日　編集した『近代日本文芸読本』（全五集）刊行。

大正十五年（1926）……………35歳（34歳）

一月十五日〜二月十九日　静養のため湯河原中西屋旅館へ。一月二十八日頃、一時帰宅。

三月二十九日〜三十一日　文と也寸志と共に鵠沼へ。爾来度々田端と鵠沼を往復する。

四月初旬　長男比呂志が東京高等師範学校附属小学校入学。

四月上旬　『近代日本文芸読本』に関する無断収録や印税分配問題に巻き込まれ、収録した百十九人の作家と遺族に薄志を送る。

十月一日　「点鬼簿」発表。冒頭で「僕の母は狂人だった」と記す。

昭和元年（1923／12月25〜31日）………35歳（34歳）

十二月二十五日　随筆集『梅・馬・鶯』上梓す。

昭和二年（1924）……………………36歳（35歳）

一月四日　義兄西川豊宅火災、西川に放火の嫌疑がかかる。

一月六日　西川豊が千葉県山武郡土気トンネル付近で飛び込み自殺。以後、西川の高利の借金、生命保険や火災保険などの問題に煩わされる。↓「歯車」「或阿呆の一生」

四月一日　「文藝的な、余りに文藝的な」連載開始、谷崎潤一郎と文学論争を繰り広げる

四月七日　平松ます子と帝国ホテルにて心中を計画するも未遂。↓「或阿呆の一生」

五月十三日～五月二十五日　東北や北海道に『現代日本文学全集』宣伝のため講演旅行に出かける。↓「東北・北海道・新潟」

六月二十五日　小穴隆一と共に、谷中墓地にて実父の新原家の墓参。

七月頃　雑司ヶ谷霊園にて夏目漱石の墓前に一人佇む姿を目撃される。

七月二十四日未明　服毒により自ら命を絶つ。↓「遺書」「或旧友へ送る手記」

主要参考文献

・『現代小説全集　第一巻（芥川龍之介集）』（新潮社、1925年）巻末の「芥川龍之介年譜」（自作）

・『芥川龍之介全集　第二十四巻』（岩波書店、1998年）年譜

書誌一覧

引用文献

『芥川龍之介全集』全二十四巻（岩波書店、１９９５〜１９９８年）
芥川文「二十三年ののちに」『圖書』芥川龍之介特輯號（岩波書店、１９４９年12月）
芥川文「多加志のこと」原稿（個人蔵、１９５０年３月）
芥川文述・中野妙子記『追想 芥川龍之介』（筑摩書房、１９７５年）
芥川比呂志「おとうさん。」『綴り方集』（個人蔵、１９２７年６月24日）
芥川比呂志「お父さんのおはかまいり。」『綴り方集』（個人蔵、１９２８年１月31日・２月10日）
芥川比呂志「父の追憶」『讀本現代日本文學』月報第一號（三笠書房、１９３６年）
芥川比呂志「バブちゃんと呼べるひと」『婦人生活』22巻14号（婦人生活社、１９６８年１１月）
芥川比呂志『決められた以外のせりふ』（新潮社、１９７０年）
芥川比呂志『肩の凝らないせりふ』（新潮社、１９７７年）
芥川比呂志『憶えきれないせりふ』（新潮社、１９８２年）

芥川也寸志『ぷれりゅうど』（筑摩書房、1990年）
芥川瑠璃子『双影　芥川龍之介と夫比呂志』（新潮社、1984年）
芥川瑠璃子『影燈籠　芥川家の人々』（人文書院、1991年）
芥川瑠璃子『青春のかたみ　芥川三兄弟』（文藝春秋、1993年）
森梅子「芥川氏の死の前後」『週刊朝日』（朝日新聞社、1927年8月14日）

参考文献

芥川比呂志『エッセイ選集』（新潮社、1995年）
芥川比呂志『ハムレット役者』（講談社文芸文庫、2007年）
芥川也寸志『私の音楽談義』（音楽之友社、1959年）
芥川也寸志『芥川也寸志　その芸術と行動』（東京新聞出版局、1990年）
芥川瑠璃子編『芥川比呂志書簡集』（作品社、1982年）
芥川耿子『気むずかしやのハムレット　素顔の父芥川比呂志』（主婦と生活社、1989年）
芥川耿子『女たちの時間　芥川家四代の女性たち』（廣済堂出版、1992年）
芥川瑠璃子・耿子『百年の薔薇　芥川の家の中で』（春陽堂書店、2014年）
芥川麻実子『芥川龍之介　あれこれ思う孫娘より』（サンケイ出版、1977年）

編者

木口直子（きぐち なおこ）

1982年東京都生まれ。北区文化振興財団 田端文士村記念館研究員。早稲田大学卒業後、一般企業に勤務ののち2012年より現職。2015年同館リニューアルに際し「芥川龍之介 田端の家復元模型」の制作監修、また芥川没後90年にあたる2017年より河童忌イベントを企画。芥川をはじめとする田端ゆかりの文士芸術家について研究し、企画展や講師を担当。

芥川龍之介 家族のことば

2019年10月1日 初版第1刷

編　者 ―――― 木口直子
発行者 ―――― 伊藤良則
発行所 ―――― 株式会社春陽堂書店
〒104-0061
東京都中央区銀座3丁目10-9 KEC銀座ビル
TEL: 03-6264-0855（代表）
https://www.shunyodo.co.jp/
デザイン ―――― WHITELINE GRAPHICS CO.
印刷・製本 ―――― 惠友印刷株式会社

ISBN978-4-394-90361-1 C0095